Josefine Gottwald

DIE KRIEGER DES HORNS

Reise ins Dunkel I

Machtwortverlag

Bibliografische Information Der Deutschen Bibliothek
Die Deutsche Bibliothek verzeichnet diese Publikation in der Deutschen Nationalbibliografie; detaillierte bibliografische Daten sind im Internet über http://dnb.ddb.de abrufbar

Machtwortverlag * Orangeriestr. 31 * 06847 Dessau
Tel.: 0340-511558

Satz und Layout: Grafikstudio Lückemeyer, Dessau
Coverbild: Josefine Gottwald

1. Auflage 2005

ISBN 3-938271-15-9

Für Katja, die Vampire liebt,
Für Christiane, die Drachen liebt,
Für Svenja,
die Backenhörnchen und Vilvuks liebt,
Für meine Großeltern Gisela und Helmut
und meine Großeltern Karin und Lothar,
die ihre Familie lieben, und mich in vielen Dingen unterstützen

und

Für alle, die Geschichten lieben

Ich danke euch allen
Josi

Prolog

Da sind sie!
Auf leisen Sohlen schleiche ich mich auf die düstere Hütte zu. Kinderlachen dringt mir aus ihrem Inneren entgegen.
Hatte ich es mir doch gedacht, dass ich sie hier finden würde. Hier!
Und sie müssen verschwinden. *Wir* müssen verschwinden.
Hinein.
„Was macht ihr noch hier drin?"
Ich wende mich an die Zwillinge. Zwei grüne Augenpaare starren mich erschrocken an.
Hexenaugen.
„Wir folgen deinen Anweisungen."
Mit nackten Füßen und zerlumpter Kleidung knien sie auf dem schmutzigen Holzboden der Hütte über einem alten Buch, in dem sie noch bis eben konzentriert gelesen haben.
„Steht auf, wir müssen hier weg! Wir sind hier nicht mehr sicher! Schnell!"
Sie erheben sich eilig. Das verfilzte rote Haar fällt ihnen über die Schultern. Kleine Hände klopfen grob den Staub von den Kleidern. Unschuldige Gesichter.
Ich nehme jedes der Mädchen an eine Hand. Wir laufen hinaus. Wir brauchen die Tür nicht abzuschließen.
SIE werden sie aufbrechen. Sie kennen keine Hindernisse. Sie sind da, um sie zu überwinden. Ihr Grundsatz.
Vampire.
Und schon bald werden sie auch hier sein. Sie sind auf der Suche. Aber wir können uns rechtzeitig in Sicherheit bringen, wenn wir uns beeilen.
Wir müssen es einfach schaffen. Sonst…
Wir laufen durch den Wald.
„Schneller!"
Wohin?
Wir stehen auf einer Lichtung.
Alles dreht sich.

Wohin? Wir müssen schnell sein.
Ich spüre schon ihr Kommen.
Immer näher.
Immer schneller.
Die Scheiterhaufen brennen bald.
Ich kann den Rauch schon riechen.
Für uns bestimmt. Und wir haben es verdient.
Der Wind um uns flüstert das Laub aus den Bäumen. Die Kinder bekommen Angst. Rette uns! Oder wir sind alle verdammt. SIE kennen kein Erbarmen.
„Wir gehen in das Kloster! Es ist jetzt einsam und verlassen. Dort können wir uns verstecken."
Hada an meiner Hand murmelt abwesend:
„Sie sind weg."
„Aber sie kommen wieder. Und sie sind auf dem Weg, das spüre ich. Los doch!"
Lucia bricht in Tränen aus.
Zum Kloster. Das war einst IHR Versteck. Dort werden sie uns nie suchen.
Die knorrigen Äste schlagen an uns vorbei, als wir weiter und weiter in den stillen Wald hinein laufen. Totes Laub bleibt unbeachtet unter unseren Füßen liegen. Gestrüpp hält uns zurück, der Wald ist gegen uns.
Dann stehen wir vor dem verschlossenen Eisentor.
„Schnell, kriecht durch das Gitter!"
Ich schicke die Mädchen voraus und sehe mich hastig um.
Sie rufen nach mir. Sind schon drin.
Geschützt. Zu ihnen!
Wo wir sicher sind. Doch Angst spiegelt sich in ihren Augen.
„Was ist mit euch?"
Dann erst sehe ich sie.
Überall!
Sie haben uns umzingelt. Grinsen mit ihren gierigen Eckzähnen. Wilden Augen. Ich kenne ihren Auftrag.
Und die Mädchen sind weg.

SIE halten mich von allen Seiten fest.
Verschont mich!
Nein! Und schon tragen sie mich hin. Auf den Holzstapel.
Ich bin verloren. Meine Seele.
Es nützt nichts.
Wo sind die Kinder? Fesseln.
Und dann Flammen. Kein Ausweg.
Es brennt.
Brennt alle Kraft aus mir heraus.
Und meine Schreie ersticken wie der Rauch in den Baumwipfeln.

I
Piper

Endlich wieder der Sonne entgegen. Endlich ist es soweit. Den ganzen Frühling hindurch habe ich mich nach diesem Moment gesehnt, in dem ich alles vergessen kann. Wenigstens ein Lichtblick zwischen all den Sorgen und Problemen. Es ist Juli. Oder Julio, wie Señor Davis sagen würde.
Im Juli treibt Familie Davis ihre Pferde zusammen. Das ist eigentlich nichts besonderes, das tut sie nämlich dreimal im Jahr: im Winter, im Frühling und im Sommer. Aber das letzte Mal hab ich es wohl knapp verpasst. Es muss einfach wahnsinnig aufregend sein.
Hatte ich schon erwähnt, dass ich so etwas noch nie miterlebt habe?
Und warum?
Ich hatte in den letzten Monaten einfach weder Zeit noch Gelegenheit dazu. Erst im März dieses Jahres zog ich ins kleine unscheinbare Coastville am Ende der Welt. Von der neuen Stadt erwartete ich überhaupt nichts.
Wenn man nichts erwartet, dann kann man auch nicht enttäuscht werden.
Aber natürlich war mir von Anfang an unwohl bei der ganzen Sache. Ich war allein. Niemand hier, den ich kannte. Seit meiner Ankunft keinem Menschen begegnet, dem ich Vertrauen schenken konnte. Danny, auf den ich später noch zurückkommen werde, Oliver und Allie. Doch man verpasst nichts, wenn man die nicht kennen lernt. (Dieses Erlebnis sollte wirklich jeder mal gemacht haben!)
Kaum auf der Ranch, wurde ich sofort scheinfreundlich empfangen, und in der Stadt bekam ich kein besseres Bild.
Kleine Häuser, die aufeinander hocken und sich aufregen über das, was nicht passt, nicht passiert und was passiert. Die Leute genauso, sie kennen mich ja nicht. Und wahrscheinlich werde ich erst zu ihnen gehören, nachdem ich zwanzig Jahre hier gelebt und eine Familie gegründet habe.

In der Schule, auch wenn sie bisher furchtbar war, habe ich dann endlich jemanden getroffen, dem ich mich anvertrauen konnte. Gillian, bereits nach kurzem meine beste Freundin. Doch es hat sich viel getan in der letzten Zeit.
Jetzt ist sie tot.
Das sagen alle, die sie nicht kannten zu Lebzeiten und auch bei ihrem Tod nicht dabei gewesen sind. Doch auch ich weiß, dass sie niemals wiederkommen wird. Es ist vorbei.
Nie wieder wird sie bei mir übernachten, nie mehr mit mir reden bis zum Morgen, nie wieder mit mir zusammen ausreiten, nicht mehr früh an der Ecke Soul Street/Holmes Avenue auf mich warten, um mit mir gemeinsam den Weg zur High School zu gehen.
Es ist vorbei.
Wir haben oftmals lange da gesessen, unten am Fluss, und in den Wald hinüber geblickt, der so viele Rätsel in sich barg. Viel später erst kannte ich das Geheimnis, welches ihn umgab.
Das alles wird nie wieder passieren, denn Gillian hat mich verlassen. Sie hat uns alle verlassen und vielleicht ist es auch besser so. Solange ich sie kannte, schien es mir so, als würde sie irgendwann gehen, als wäre sie ungreifbar, wie der Südwind, aus dem die Pferde erschaffen sind. Und nun hat sie sich einer anderen Seite zugewandt.
Trotzdem muss ich zugeben, dass es wider erwarten auch einige schöne Erlebnisse während des Frühlings gab, ich habe mit der Zeit jede Menge Freunde gefunden. Vor allem auf der Ranch traf ich nette Menschen.
Wie Andy.
Er war von Anfang an Feuer und Flamme für mich, doch ich sah es nicht sofort. Ich war wahrscheinlich etwas durcheinander von der neuen Situation. Es ist nicht einfach, umzuziehen und neben einem neuen Haus auch noch eine neue Stadt, eine neue Schule, neue Freunde und eine neue Familie zu bekommen.

Aber Andy hat mir dabei geholfen, mich schnell einzuleben. Auch, wenn es einige Probleme gab, mit der ‚Familie', aber welcher Teenager hat keine Probleme mit seiner Familie?
Andy war immer da. Und er hörte mir zu. Gillian konnte mir auch zuhören, aber dann war sie plötzlich weg. Verschwunden, und wir wussten nicht, wohin. Als wir sie fanden, war es schon zu spät.
Nun können wir nichts mehr für sie tun.
Jetzt bin ich auf der Ranch, die Andys Vater Jeremy gehört, und versuche, mich etwas abzulenken. Ich ermahne mich, wieder an Schöneres zu denken, aber ganz verdrängen kann man es nie.
Mein Pferd Luna steht neben mir in der Sonne und schließt die Augen vor Helligkeit. Es ist wirklich sehr warm und ich möchte nicht in ihrem Fell stecken. Es ist schneeweiß. Ich kraule ihr die Mähne. Sie ist ein Albino, wie auch noch einige andere Pferde hier auf der Ranch, obwohl das recht unnormal ist. Aber das hat alles seine Richtigkeit, wir kommen später dazu.
Eigentlich könnte es schon losgehen, ich warte nur noch auf den Rest der Mannschaft, die uns begleitet.
Ich beschließe, mich derweil hinzusetzen und führe meine Stute zu der Bank vorm Stall.
Als ich mich setze, finde ich endlich meinen Hut wieder, der nun leicht abgeflacht aussieht. Ich muss Grinsen bei dem Anblick, als ich aufstehe, um ihn zurechtzuformen.
Danach setze ich ihn auf. Ich werde ihn wirklich brauchen. Meinen nigelnagelneuen Cowboyhut, den ich mir letzte Woche erst besorgt habe, wegen der Hitze hier und der prallen Sonne.
Wir leben in Texas, in der legendären und sagenumwobenen Kleinstadt Coastville. Mittlerweile bin ich hier bekannt wie ein bunter Hund, weil ich neu bin. Alles, was neu oder anders ist, interessiert die Einwohner brennend. Aber das gibt sich schon irgendwann.

Von hinten nähert sich mir ein Schatten.
„Worüber denkst du nach?“
Ich drehe mich um.
Andy ist leise auf mich zu getreten und ein fragender Blick spiegelt sich in seinen dunklen Augen. So wie immer, wenn er mich gern durchschauen möchte und wissen will, was ich denke.
„Über die Stadt und die Leute, die hier leben.“
Ich atme hörbar aus.
„Wahrscheinlich werden sie mich nie akzeptieren.“
„Du brauchst dir darüber nicht den Kopf zu zerbrechen. Das sind eben die typischen Eingeborenen einer verschlafenen Kleinstadt. Kaffeeklatscher und Gelegenheitstratscher. Und die intriganten Weiber, die immer auf einen Skandal spekulieren.“
Er lächelt mich aufmunternd an.
„Sind die es wert, sich aufzuregen?“
Ich denke einen Moment lang nach.
„Ja, du hast Recht, wahrscheinlich mache ich mir wirklich zu viele Gedanken darüber.“
„Du solltest deine Zeit lieber mit anderen Dingen verschwenden.“
„Zum Beispiel?“
„Zum Beispiel mit mir.“
„Wahrscheinlich!“
Er küsst mich lange und obwohl ich mich anfangs ein bisschen dagegen zu wehren versuche, gebe ich schließlich doch nach. Er schafft es immer wieder, mich rumzukriegen, trotz seiner Frechheit.
„Du weißt, dass du mir jederzeit alles sagen kannst, Piper, mein Engel.“
Er hält mich im Arm und streicht mir übers Haar. Ich habe es hochgebunden, damit es mir nicht so im Nacken hängt.
„Ja, ich weiß.“

Ich sehe ihm tief in die Augen. Sie lachen mich an. Ich würde jederzeit zu ihm gehen, selbst mit einem überaus weiblichen Problem.
„Dann ist ja gut."
Ich liebe ihn wirklich sehr. Es gibt nur wenige Dinge, die ich ihm nicht sofort anvertraue, und erst mit Dina bespreche.
Dina ist für mich inzwischen wahrscheinlich das, was man eine beste Freundin nennt.
Heute wird sie wohl nicht mit uns reiten, sonst wäre sie schon hier. Es passiert öfter, dass ihr im letzten Moment etwas dazwischen kommt, oder, dass sie Dinge einfach vergisst, so ist sie eben. Inzwischen mache ich mir keine Gedanken mehr darüber.
Die anderen Männer kommen aus dem Wohnhaus. Robin führt sein gesatteltes Pferd aus dem Stall und teilt uns mit, dass es nun losgeht.
Ich trenne mich von Andy und sitze auf. Luna ist mittlerweile schon fast im Stehen eingeschlafen.
Die Sonne blinzelt uns entgegen.
Andy hat sich jetzt in den Sattel seines weißen Wallachs Dragón geschwungen und zwinkert mir zu.
Auf dem Hof der Ranch hat sich nun die vollständige Mannschaft versammelt. Außer Andy und mir sind es Jeremy Davis, der Chef der Ranch, Robin, sein ältester Sohn und der Bruder von Andy, Oliver und Danny Shore, die meiner ‚Familie' angehören, und noch zwei Männer, die ich nicht kenne. Alle zu Pferde.
Danny ist mit meiner Mom zusammen, wir wohnen bei ihm, seit sie ihn letzten Herbst kennen lernte und daraufhin mit mir auf die Ranch zog. Oliver wohnt ebenfalls dort, mit seiner Frau Allie, Dannys Schwester.
Allie hat sich bereiterklärt, bei meiner Mutter zu bleiben und mit ihr einen Ausritt zu unternehmen, während wir die Pferde eintreiben. Mom ist noch nicht sehr sattelfest und hat sich einen sehr braven Wallach von der Ranch gekauft,

aber Danny hat versprochen, ihr das Reiten beizubringen. Ich glaube ehrlich gesagt nicht ernsthaft, dass das noch in diesem Jahrhundert geschieht. Meine Nachkommen werden höchstwahrscheinlich im Geschichtsunterricht davon erfahren.
Danny ist so. Er macht gerne Versprechen, ohne den Gedanken, sie einzuhalten. Vor allem meiner Mutter, denn ich rede ja nicht mit ihm. Und dann vergisst er, dass er noch etwas tun wollte, oder behauptet, nie davon gesprochen zu haben. Das ist einer der Gründe, weshalb ich ihn nicht mag. Ein anderer ist seine überhebliche, herablassende Art, die er vor allem mir gegenüber gern raushängen lässt. Er tut vor meiner Mom, als würde er super mit mir auskommen und wollte nur mein Bestes, aber ein auch nur halbwegs intelligenter Mensch bemerkt sofort, dass er etwas ganz anderes meint, als er sagt. Er macht mir tagtäglich indirekt klar, dass er mich eigentlich gar nicht dahaben will. Ich könnte mich wieder und immer wieder darüber aufregen…
Señor Davis ruft nach hinten, dass es losgeht und die Gruppe setzt sich in Bewegung.
Es ist noch sehr früh am Morgen und ein dünner Nebelschleier umgibt uns, als wir in die weite Prärie hinausreiten. Hier sieht alles vollkommen gleich aus. Ich rufe mir in Erinnerung, dicht bei der Gruppe zu bleiben, ich habe keine Lust, die anderen zu verlieren und dann allein hier herumzuirren.
Aber zum Glück kennen die anderen sich aus. Ich bin eigentlich sogar die einzige Neue hier.
Jeremy Davis betreibt die Ranch schon seit sechzehn Jahren und auch Danny sagte, er wäre schon manches Mal dabei gewesen. Aber der erzählt viel, wenn der Tag lang ist.
Eben sieht er zu mir rüber und meint:
„Bleib schön nah bei uns, Piper! Nicht, dass du verloren gehst!“
Dann wieder sein überhebliches Grinsen, es nervt wirklich total.

Typisch! Er war auch der einzige, der sich nicht freuen konnte, als ich damit angab, endlich ein Pferd zu besitzen, sondern mir sofort die Probleme und Nachteile eines ‚stolzen' Pferdebesitzers klarmachte und allen voran *mir* damit die Laune vermieste. Ja, er wagte es sogar, zu behaupten, ich bräuchte mich nicht zu wundern, wenn ich demnächst keine Zeit mehr für einen gewissen mexikanischen Jungen und seine eingewanderte Familie haben würde!
Ekel! Ich frage mich, was der überhaupt hier will!
Ich ziehe eine Fratze hinter seinem Rücken.
EKEL!
Robin grinst.
Er ist so erfahren wie Andy, was Pferde betrifft, aber auch mit Mädchen kennt er sich aus. Ich weiß gar nicht mehr, wie die letzte hieß, die sich ihm an den Hals geworfen hat. Aus den beiden ist aber auch nie etwas geworden, was ich nachvollziehen kann, denn mit ihrer Intelligenz war es wirklich nicht weit her.
Leichte Beute für jemanden wie Robin, der jede Chance nutzt. Aber er sucht wirklich sein Glück und ich würde es ihm gönnen. Auch ich stand schon auf seiner Abschussliste, doch zu jenem Zeitpunkt war ich schon fast bis über beide Ohren in Andy verliebt. Schade, Robin. Ich denke immer noch, dass du deinem Bruder nie das Wasser reichen wirst. Auch wenn die meisten Mädchen das anders sehen, was ich gar nicht mal so unpraktisch finde. So haben wir wenigstens unsere Ruhe.
Ich glaube, das liegt hauptsächlich daran, dass Andy, wie gesagt, seine Ruhe haben will und im Stillen nach der Richtigen Ausschau hält, während Robin aus nichts ein Geheimnis macht und es mit einigen durchprobiert. Er ist eben eher praktisch veranlagt.
Ich weiß noch, wie ich das erste Mal auf den Hof kam und er mich sofort beschlagnahmte, mich vollkommen für sich einnahm. Andy stand daneben, grinste kopfschüttelnd über

seinen Bruder, den Charmeur, der sich, wie ich inzwischen weiß, immer so wichtig tut.
Er ist unverbesserlich.

II
Piper

So reiten wir wohl eine um die andere Stunde quer durch die Prärie – immer der brennenden Sonne entgegen –, in der ich mir Gedanken über so ziemlich alles mache, was die Welt betrifft. Angefangen bei meinem auffälligen Pferd Luna, das in Wahrheit eines der letzten Einhörner ist, bis hin zu meinem wirklichen Wesen.
Zusammen mit vier anderen Jugendlichen in meinem Alter gehöre ich zu den Kriegern des Horns. Meine Freunde und ich haben die Aufgabe, die letzten Einhörner vor Entführung oder jeglicher Bedrohung durch die Macht des Bösen zu beschützen. Wir wurden als Engel vom Himmel gesandt, um diese Mission zu erfüllen und auf die sechs magischen Wesen Acht zu geben. Sie sehen aus wie ganz normale Pferde, mit schneeweißem Fell und hellblauen Albinoaugen. Das Horn ist für gewöhnliche Menschen unsichtbar, ja selbst ich kann es nicht sehen.
Speziell für diesen Auftrag wurden uns übernatürliche Fähigkeiten verliehen, die es uns leichter machen sollen, gegen Vampire, Werwölfe und die unzähligen anderen Gefahren anzukämpfen, die im Wolfswald lauern.
Er ist der größte und auch einzige Wald hier in der Gegend um die sagenumwobene Stadt Coastville, und es kann eine Menge Ärger bedeuten, ihn nicht zu meiden.
Unsere Fähigkeiten sind ganz unterschiedlicher Art. Ich habe zwar die Gabe, mich unsichtbar zu machen, bin aber dennoch erleichtert, mich jetzt vom Wald weg zu bewegen, denn ich verbinde wirklich nur unangenehme Gedanken mit ihm.

Es ist gerade zwei Monate her, dass ich dort in diesem Wald zusammen mit Robin, Andy und Brendan meiner ehemals besten Freundin Gillian auf Leben und Tod gegenüberstand. Sie hatte uns verraten. War zur dunklen Seite übergewechselt, ohne es zu bemerken oder beeinflussen zu können.
Es tut mir so Leid.
Aber von dieser Nacht an war sie gegen uns. Aus Liebe zu einem geheimnisvollen Jungen aus der Stadt hatte sie sich in einen Vampir verwandelt und es auf uns und die Einhörner abgesehen.
Doch nun ist es geschehen und lässt sich nicht rückgängig machen. Ich versuche, mich von der Vergangenheit zu trennen und wieder ein ganz normales Teenagerleben zu führen. Einen Neuanfang zu wagen, wie Andy es nannte.
Ich bin jetzt vierzehn. Und ich habe noch viele wundervolle Jahre vor mir. Ich will sie nicht mit Depressionen oder ewigem Nachdenken über den Sinn des Lebens vergeuden.
Außerdem habe ich ja jetzt Luna. Luna ist schließlich mein Einhorn. Und ich passe auf sie auf.
Hier auf der Davis Ranch kann ich sie ganz günstig unterstellen. Ich wollte einfach nicht, dass sie zu den verzogenen Pferden auf unsere Ranch kommt, in den Stall, wo ich mich sowieso kaum aufhalte.
Die Shore Ranch, benannt nach Danny Shore und dem Rest seiner Familie.
Und da reite ich nun also auf meiner Luna, neben meinem Andy, auf seinem Dragón, durch die Canyons, vorbei ausgedörrten Pflanzen und Felsen, die von der Hitze glühen. Immer hinter Señor Davis her, der die Richtung, in die wir reiten müssen, genau zu kennen scheint.
Vor sechzehn Jahren kam er aus Mexiko hierher und baute die Pferdezucht auf. Seine Ranch ist einfach wunderschön, ich liebe es, dort zu sein.
Das viktorianische Steinhaus ist in freundlichem Gelb gestrichen und hat zwei Stockwerke. Die Küche ist groß und

gemütlich. Andys Zimmer hat eine Dachschräge wie meines und grenzt an das von Robin. Ich muss gestehen, dass mein Zimmer wirklich schön aussieht, ich habe mich auf Anhieb verliebt. Eigentlich ist das gesamte Haus ziemlich schön, ein bisschen eng vielleicht, aber bequem und aufgeräumt. Das mag wohl größtenteils daran liegen, dass im Haushalt überwiegend Frauen wohnen.
Inzwischen glaube ich auch, dass Allie und Mom mein Zimmer ausgesucht und eingerichtet haben, sonst wäre für mich wohl nur die düstere Abstellkammer übrig geblieben.
Das Haus auf der Davis Ranch ist viel größer als unseres, aber das ist eigentlich nicht wirklich wichtig.
Der Stall aber ist der schönste, den ich je gesehen habe, er ist sehr hell und sehr sauber. Viel sauberer als der bei uns, aber in dem arbeite ich ja auch nicht.
Ich helfe Jeremy und den Jungs auf ihrem Hof. Aber sie machen das zweifellos besser als ich. Viel geübter. Ich erinnere mich noch gut daran, als ich darum bat, auf der Ranch mitarbeiten zu dürfen, kurz darauf ging ich mit Andy in den Stall, um auszumisten. Andy hantierte sehr geschickt mit der Mistgabel, ich allerdings, verlor auf dem Weg zur Schubkarre die Hälfte meines Transportguts, er muss gedacht haben, ich komme vom Mond. Als hätte ich noch nie einen Stall ausgemistet, dabei reite ich seit vier Jahren!
Eigentlich hätte ich mich auch furchtbar blamieren müssen, aber irgendwann mussten wir beide nur noch darüber lachen und als bei Andy dann auch nichts mehr auf der Gabel bleiben wollte, waren wir beide nicht mehr zum Stallausmisten zu gebrauchen.
Auf der Davis Ranch gibt es zwei verschiedene Ställe, einen mit Boxen und einen Offenstall, in dem die Pferde frei herumlaufen können. Man kann darin so viele unterbringen, wie man will. Insgesamt können mit Leichtigkeit zwanzig Pferde überdacht werden und diese Kapazität wird auch das ganze Jahr über in Anspruch genommen.

Besonders, wenn wieder neue Tiere dazugekommen sind, die aus der Herde sortiert wurden.
Die Pferde…
Sie sind einfach wunderbar.
Pferde im Allgemeinen sind ja schon tolle Tiere, aber Mustangs sind noch etwas ganz Besonderes. Sie strahlen neben Kraft und Eleganz auch noch eine unbeschreibliche Freiheit aus. Fast so wie Einhörner.
Die Einhörner sind wohl kaum zu übertreffen. Sie sind das Symbol für oberste Reinheit und Unschuld.
Schon oft waren Menschen hier auf dem Hof, die Pferde kaufen wollten, es waren skrupellose Pferdehändler und Schlachter dabei. Fast alle interessierten sich neben den Mustangs auch für Dragón, Nube, Luna, Destino oder Fortuna. Weil sie Einhörner sind. Zwei oder drei waren bereit, Luna vom Fleck weg zu kaufen, egal, zu welchem Preis. Was für eine Vorstellung!
Aber sie strahlt eine Anziehung aus, die sogar für dunkle Mächte gefährlich ist. Alles steht in ihrem Bann.
In ihren Augen...
„Da sind sie!“
Dannys Schrei reißt mich völlig aus meinen Gedanken. Wie lange mögen wir geritten sein? Ich habe nicht die Zeit, auf die Uhr zu sehen, denn ich entdecke nur wenige hundert Meter vor uns, in der Schlucht, der wir uns nähern, eine muntere Wildpferdherde von grob geschätzt vierzig Mustangs, mit aufmerksam erhobenen Köpfen. Unschlüssig, ob sie flüchten oder warten sollen.
Ich habe es für Neugier gehalten, dass sie stehen bleiben, doch schon nach relativ kurzer Zeit wiehern die ersten – freudig, Jeremy erkannt zu haben –, und stehen ruhig schnaubend und außer Gefahr in der Sonne.
Meine Stute gibt Antwort. Ein hohes, schrilles Wiehern, das sie der Herde mit geblähten Nüstern zuruft.
Wir halten an. Jetzt ist es nur noch ein flaches Stück in die Schlucht hinunter, das uns von der Herde trennt.

Jeremy Davis mustert seine Tiere mit zusammengekniffenen Augen.
„Offensichtlich wir haben verloren zwei Stuten", sagt er mit seinem mexikanischen Akzent an die anderen gewandt, „und Cuerda sollte haben ein Fohlen, Gott weiß, wo es ist."
Ich höre erstaunt zu und es tut mir leid für das arme Fohlen. Ich wusste nicht, dass es hier draußen so hart ums Überleben geht.
Dann, so urplötzlich, dass es mich fast erschreckt, nimmt Señor Davis zwei Finger an die Lippen und pfeift in die Schlucht hinein, dass es widerhallt.
Nichts tut sich.
Er wartet.
Doch mit einem Mal schießt ein Roter Blitz um die Herde herum, der sich als temperamentvoller Mustanghengst entpuppt und auf uns zugaloppiert.
Jeremy ist schon abgestiegen und steht lachend im Sand, als das Pferd aus vollem Tempo stoppt und vor ihm anhält.
Ich sehe zu den anderen. Sie blicken amüsiert drein, Robin und Andy lachen.
Alle scheinen dieses Pferd zu kennen.
Andy sieht zu mir und nickt in Richtung seines Vaters, der den Hengst als einen alten Freund begrüßt und erst mal ausgiebig streichelt. Dann reitet er ein Stück näher an mich heran und beugt sich zu mir.
„Das ist Zorro. Der beste Hengst, den mein Vater bisher hatte. Mit ihm züchtet er seit den letzten vier Jahren. Er hängt sehr an ihm, er ist für ihn ein guter Freund. Und der Stammvater aller wilden Fohlen."
Andy hat mir vom legendären Zorro erzählt und verweist gern auf ihn, wenn er ein junges Pferd am liebsten verfluchen möchte.
Jetzt, da ich ihn sehe, ist mir auch klar, dass dieser Hinweis gerechtfertigt ist. Zorro steigt auf die Hinterhand, als Danny ihm mit seinem Schimmel versehentlich zunahe kommt, ist

jeden Augenblick wachsam wie ein Schießhund und passt auf seine Herde auf.
Jeremy kann über ihn lachen.
Vor wenigen Sekunden dachte ich, er wird gleich von Zorros Vorderhufen zerstampft, aber jetzt lacht er herzlich über ihn und krault ihn hinterm Ohr.
„Schon viele Männer hatten den Wunsch, dieses Pferd zu zähmen, aber er lässt niemanden an sich ran. Es ist eine lange Geschichte mit meinem Vater und ihm."
Andy legt seine Zügel auf Dragóns Hals und bindet sein Lasso vom Horn des Sattels los.
„Erzähl sie mir heut Abend, ja?"
Mir fällt ein, dass ich Mom noch fragen muss, ob ich die Nacht bei Andy verbringen darf. Sie hat keinesfalls etwas dagegen.
Danny, der sich neben mir befindet, reißt sein Pferd Glitter grob im Maul herum und verengt seine Augen zu Schlitzen.
„Du wirst in deinem Zimmer übernachten, Piper. Was fällt dir ein, Pläne zu machen, ohne deine Mutter um ihr Einverständnis zu bitten?"
Der hat mir jetzt gerade noch gefehlt mit seinen Ratschlägen.
„Meine Mutter hat schon zugestimmt", lüge ich, „ich habe sie bereits gefragt und sie ist damit vollkommen einverstanden. Im Übrigen kann dir das total egal sein!"
Ich rede in einem energischen Tonfall auf ihn ein, aber ermahne mich gleichzeitig zur Beherrschung, um nicht die Blicke aller anderen auf mich zu ziehen.
So langsam nervt er mich wirklich!
Andy kommt mir zum Glück zu Hilfe und erinnert Danny, mir keine Vorschriften zu machen.
„Warum lassen Sie Piper nicht einfach in Ruhe? Sie sind nicht erziehungsberechtigt, vergessen Sie das nicht!"
„Was mischst du dich da ein, Mexikaner?"

Er zischt das Wort so scharf zwischen den Lippen, dass es mich an das Rasseln einer Klapperschlange erinnert, die sich zum Kampf aufstellt.
Doch nach einem kurzen Blick auf Señor Davis, der noch mit Zorro beschäftigt ist, wendet Danny sein Pferd und flüstert gerade laut genug, dass wir es hören können:
„Ausländer! Ihr versteht doch überhaupt nicht, was hier läuft. Geht dahin zurück, wo ihr hergekommen seid! Ihr seid kein Umgang für meine Familie!“
Er spuckt auf den Boden und sieht mir voll Hass in die Augen.
„Und du auch nicht!“
Dann reitet er auf die anderen beiden Männer zu.
Ich sehe ihm nach und versuche, mich zu beruhigen. Meine Stute Luna stampft erregt mit den Hufen.
Robin trabt zu seinem Bruder und fragt ihn, was los war.
„Nichts weiter“, ist Andys einziger Kommentar, der Robin nicht zufrieden stellt.
Er spricht leise mit Andy, weil er nicht möchte, dass ich etwas mitbekomme, aber ich höre jedes Wort.
„Ich kann dich nicht verstehen, Andy, warum lässt du es zu, dass er sie immer so blöd anmacht?“
Denn natürlich konnte er gut hören, was wir sagten.
In diesem Moment senkt Luna den Kopf fast bis zum Boden und blickt auf Danny.
Glitter macht ruckartig einen Sprung zur Seite, als hätte er sich vor irgend etwas furchtbar erschreckt.
Danny war nicht gefasst auf diese Situation, rutscht aus dem Sattel und findet sich im Staub der Prärie wieder.
Señor Davis hatte sich gerade von seinem Anfall von Freude über das Wiedersehen erholt und wollte nun Anweisung geben, die Herde zu umkreisen, aber unter diesen Umständen kann er sich wie alle anderen das Lachen erneut nicht verkneifen.
Andy schüttelt den Kopf und klopft Robin auf die Schulter, als er sagt:

„Er wird irgendwann selbst einsehen, dass es nichts bringt.“ Schlagartig wieder gut gelaunt streichle ich Luna den Hals. Soviel zum Thema ‚absolute Unschuld'.

Es ist ein Uhr Mittags und erst um diese Tageszeit bekommt man bei einem Blick auf das erleuchtete Land einen Eindruck von der gewaltigen Größe der Prärie. Die Sonne scheint gnadenlos und ich bereue kein Stück, meinen Hut mitgenommen zu haben. Mal wieder eine Spitzenidee, sich einen anzuschaffen!
Andy reitet wieder neben mir und führt die Leitstute der Herde am Lasso mit. Wir sind wieder auf dem Heimweg und ich habe Danny vollständig aus meinem Kopf verbannt. Mit Ausnahme seiner kleinen Showeinlage von vorhin.
„Und das Land hier gehört alles euch?“, frage ich Andy interessiert und halte nach der Ranch Ausschau.
Sie ist nicht zu erkennen.
„Alles, was du hier siehst. Es hat eigentlich schon immer der Familie meines Vaters gehört, auch, als seine Eltern nach Mexiko zurückgingen, wo er dann meine Mutter kennen lernte.“
„Und wieso hat dein Vater dann die Pferdezucht gegründet?“
„Früher hielt die Familie hier Rinder, zusammen mit den Wertels.“
Ich muss unwillkürlich an Gillian denken.
„Dann brachte das nicht mehr viel ein und man ist auf Pferdehaltung umgestiegen. Familie Wertel machte dann eine kleine Farm auf und verkaufte uns das Land.“
„Hast du mal wieder was von ihnen gehört?“
„Nein, nichts. Wir stehen nicht mehr in Kontakt und ich weiß auch nur die Sache mit dem Kleinen.“
Gillians Bruder Kevin hat, nachdem er erfuhr, dass seine Schwester nie mehr zurückkommen würde – dass sie tot ist, wie alle denken – einen Schock erlitten und musste ins Krankenhaus eingeliefert werden.

Ich glaube auch, die Familie wird jetzt von hier wegziehen und versuchen, woanders ein neues Leben anzufangen. Ähnlich wie wir. Nur können wir unsere Vergangenheit nicht verdrängen. Auch Andy nicht.
Ich sehe ihn wissend an.
Es ist wie Gedankenübertragung.
Er zwinkert mir zu.
Und ruhiges Schnauben begleitet unseren Ritt auf dem Weg zurück zur Ranch.

III
Dina

Und trotzdem bin ich zu spät! Dabei habe ich mich so beeilt! Mal wieder zu spät! Wie immer! Doch das kann ich den anderen so oft erzählen, wie ich will, sie glauben es mir ja sowieso nicht. Aber sie werden bestimmt nicht sauer sein und behaupten, dass sie schon gewartet haben – eben weil sie es nicht haben! Viel eher werden sie lachen und sagen: „Das ist typisch Dina, sie kommt immer zu spät!"
Dabei kann ich doch nichts dafür, wenn die unser Meeting auf so eine unmögliche Zeit legen.
Ich wäre so gern mitgeritten, in die Prärie hinaus, aber ich musste ja unbedingt herausfinden, wie viel Stunden ein Mensch allerhöchstens braucht, bis er aufwacht.
Okay, ich habe verschlafen, ich geb's ja zu! Und ich werde geduldig das milde Lächeln über mich ergehen lassen, wenn mich die anderen begrüßen.
Na ja, jedenfalls bin ich heute überhaupt aufgestanden!
Auf dem Hof sind einige Pferde angebunden und Señor Davis ist dabei, sie in verschiedene Koppeln zu sortieren. Einen Großteil der Jährlinge wird er sicherlich verkaufen.
Als ich in den Stall gehe, finde ich Robin ein junges sandfarbenes Pferd putzen. Piper und Andy lehnen sich über die Boxenwand und sehen ihm dabei zu.

Ich schließe die Stalltür eigentlich ganz leise hinter mir, aber natürlich bemerken sie mich sofort. Piper kommt auf mich zu.
„Da bist du ja endlich!“
Sie umarmt mich zur Begrüßung.
„Wir haben schon auf dich gewartet.“
Andy reicht seinem Bruder eine Bürste über die Boxenwand.
„Tut mir Leid“, entgegne ich etwas lahm, aber mir fällt nichts Besseres ein. Robin und Andy können sich ihr Grinsen kaum verkneifen.
„Schade, dass du heut Morgen nicht da warst“, bemerkt Robin und sieht dabei von seiner Arbeit kurz zu mir.
Piper schwärmt.
„Es war einfach toll! Ich hätte ja nie gedacht, dass die Prärie wirklich so groß ist! Und die ganzen Pferde... Das nächste Mal musst du unbedingt mitkommen! Warum warst du heut früh eigentlich nicht da?“
„Das ist eine ganz blöde Sache, gestern Abend kam ziemlich spät noch so ein Film... Um ehrlich zu sein, ich habe einfach verschlafen.“
Piper dreht mit den Augen. So etwas kann aber auch nur wieder mir passieren!
Aber sie vergibt mir schnell und sagt dann, während sie auf Robin deutet:
„Kennst du schon die Stute dort? Nein, woher denn auch. Sie hat heute Morgen das erste Mal die Ranch gesehen. Eine von den jungen Mustangstuten aus der Herde. Namen hat sie aber noch keinen.“
„Ich werde sie ausbilden.“
Robin bürstet dem Falben weiter das Fell während er zu mir sieht. Nicht ohne Stolz. Die Stute reißt plötzlich den Kopf hoch und versucht, nach ihm zu schnappen, erschrocken weicht Robin zurück.
Andy ist nicht der einzige, der über ihn grinst.

„Ja, du bist wirklich ein Held“, bemerke ich spöttisch, Robin sieht mich leicht verärgert an.
Aber als ich das Thema wechsle, ändert sich seine Miene und er wird neugierig.
„Eigentlich bin ich ja gekommen, um dich etwas zu fragen, Piper.“
Ich lege meine, ohnehin schon dünne Jacke beiseite und bin froh, dass es hier drinnen etwas kühler ist, als unter der prallen Sonne. Um die Mittagszeit ist es immer besser, wenn man sich drinnen aufhält.
Robin widmet sich wieder angestrengt seiner Arbeit, es ist aber nicht zu übersehen, dass er die Ohren spitzt.
„Ihr könnt ruhig mit hinhören, die Einladung geht auch an euch.“
„Welche Einladung?“
Andy ist sichtlich überrascht, obwohl er sich bestimmt schon denken kann, worum es geht.
„Unser Schulfest. Da ja in drei Wochen leider Gott sei Dank das Schuljahr zu Ende ist, hat man wie jedes Jahr beschlossen, ein Abschlussfest zu feiern.“
Piper und die Jungen besuchen eine andere Schule als ich, deshalb kann es auch sein, dass sie davon noch nichts gehört haben.
„Du müsstest es eigentlich wissen, Robin, du bist doch mit Leo befreundet.“
Piper runzelt die Stirn.
„Mit wem?“
„Leo, das ist mein Freund.“
Ich hatte ganz vergessen, Piper davon zu erzählen.
„Ach so?“
Sie sieht überrascht zu mir. Ich wollte die beiden schon lange miteinander bekannt machen, aber es gab bisher keinen günstigen Moment dazu.
„Ich dachte mir, ihr könnt euch vielleicht bei dieser Gelegenheit kennen lernen. Er spielt nämlich bei der Party mit der Schulband. Das wird garantiert lustig!“

Piper ist etwas irritiert, wahrscheinlich habe ich sie mit meiner Einladung ein bisschen überrumpelt. Ich setze meine unschuldigsten Dackelaugen auf und bitte sie, mit mir tanzen zu gehen. Natürlich ist es meine Schuld, dass Piper und Leo sich noch nicht begegnet sind, aber es war bisher auch wirklich schlecht zu arrangieren.
Andy meldet sich zu Wort:
„Was spielt Leo denn in der Band?“
„Das wirst du schon sehen, wenn du mitkommst.“
„Tut mir ehrlich Leid, aber das ist wohl kaum möglich. Ich habe mit den neuen Pferden hier genug um die Ohren.“
„Schade. Was ist mit dir, Piper, hast du es dir überlegt?“
Sie zuckt mit den Schultern.
„Warum nicht, von mir aus können wir hingehen.“
Auch wenn sie bedauert, dass Andy nicht mitkommt. Aber er lächelt sie aufmunternd an.
„Ein andermal gern, ich versprech’s. Aber zur Zeit passt es wirklich ganz schlecht.“
Piper nickt verständnisvoll.
„Macht ja nichts. Wir werden auch so unseren Spaß haben, oder?“
„Klar. Und Robin lassen wir dann am besten auch gleich zu Hause.“
Ich grinse Piper an.
„Macht euch keine Hoffnungen, für mich gilt dasselbe wie für Andy: Die Pferde haben nun mal Vorrang.“
„Ihr wisst ja gar nicht, was ihr verpasst.“
Robin führt die Mustangstute am Strick hinaus und wir folgen ihm und Andy in den Round Pen, einen kreisförmigen Ausbildungsplatz für Pferde, wie ihn die Reiter hier gern benutzen.
Piper setzt sich neben mich an den Rand und wir sehen Robin dabei zu, wie er das Pferd im Kreis gehen lässt. Er muss erst Kontakt aufnehmen, die Stute ist ja keine Menschen gewöhnt.

„Andy bekommt sicher auch neue Pferde, oder? Was passiert denn dann mit Alba?“, frage ich Piper, obwohl ich es mir schon denken kann.
„Sie wird verkauft, es gibt schon einen Interessenten.“
„Das ist ja schade.“
Piper nickt. Alba ist immer ihr Lieblingspferd hier auf der Ranch gewesen – bevor Luna kam. Sie war auch das erste Pferd, auf dem sie ritt, als sie neu hier war und herkam, um auf der Ranch zu jobben. Mit dem Geld wollte sie sich ein eigenes Pferd finanzieren, was sie ja jetzt schließlich auch tut.
„Erzähl doch mal was über den Film gestern Abend!“, fordert sie mich auf und überspielt eine gewisse Trauer in ihren Gedanken an Alba. Es musste irgendwann so weit kommen, dass sie weggeht, also ist es wohl am besten, wenn ich versuche, Piper ein bisschen aufzumuntern. Oder wenigstens abzulenken.
„Ach, ich weiß gar nicht, wo ich anfangen soll. Es war einfach hinreißend! Ein Liebesfilm – ein bisschen unrealistisch vielleicht. Aber total romantisch! Alles spielte in Italien, in Venedig. Es gab zwar ein paar Intrigen und Eifersüchteleien…“
Ich sehe zu Piper und bemerke an ihrem abwesenden Gesichtsausdruck, dass sie die Geschichte des Films eigentlich gar nicht interessiert.
„Aber am Ende haben sie sich dann doch gekriegt und alles ging gut aus.“
Ich lächle aufmunternd.
„So wie es sein muss.“
„Das glaubst du wirklich, oder?“
Piper sieht mich zweifelnd an.
„Natürlich. Du sollst dir nicht immer so viele Gedanken über alles machen.“
Ich nehme ihre Hand.
„Es ist doch alles super, so wie es ist. Was wir Schreckliches erlebt haben, ist lange vorbei – die Vampire, Werwöl-

fe, Hexen und der ganze Wolf Forest. Es ist alles vorbei, und am Ende – so wie es sein muss – haben du und Andy euch doch auch gefunden."
Piper lächelt selig.
„Und nun bist du wahnsinnig glücklich und verschwendest deine Gedanken nicht an vergangene Zeiten! Du lebst im Jetzt!"
Ich merke, wie gut Piper meine Worte tun und drücke sie an mich.
Geistesabwesend beobachtet sie Andy und Robin beim Versuch, der Stute ein Halfter anzulegen, und ich folge ihrem Blick.
„Du kannst wirklich froh sein, dass du ihn hast."
Mit einem Anflug von Fröhlichkeit erheben wir uns und gehen auf die drei zu. Robin und Andy sind schwer damit beschäftigt, den sandfarbenen Hals des Pferdes festzuhalten und es mit dem unheimlichen Halfter bekannt zu machen. Die junge Stute bringt all ihre Kraft auf, um sich dem zu entziehen.
In der Sekunde, als wir einen Schritt auf sie zugehen, reißt sie den Kopf in die Höhe gegen Robins Arm, macht einen Satz und galoppiert blitzschnell auf die entgegengesetzte Seite des Round Pens zu. Andy schüttelt mit dem Kopf und lacht. Das Halfter ist zerrissen. Robin flucht, sich den Arm reibend.
„¡Bruja! Was für ein verrücktes Pferd!"
„Was sagst du?"
Ich verstehe nicht, was er meint. Andy klärt uns auf.
„Bruja heißt eigentlich Hexe. Sie ist wirklich ganz schön widerspenstig."
„Sie ist eben eine Tochter von Zorro", wirft Robin ein und Piper bemerkt:
„Na dann haben wir ja schon einen Namen für dich."
Sie ist an die Stute herangetreten und streichelt ihr beruhigend den Hals.
„Bruja. Eine temperamentvolle kleine Hexe."

Sie lacht. Und sogar Robin schaut inzwischen wieder leicht belustigt drein.
„Sieh es als eine Herausforderung!“
Piper klopft ihm auf die Schulter. Sein Stolz hat einen leichten Sprung erlitten. Aber er lächelt.
Entschlossen geht er auf Bruja zu und legt ihr vorsichtig einen Strick um. Daran hat sie sich bereits gewöhnt und als sie jetzt neben ihm herläuft, sieht sie so unschuldig aus, als könnte sie kein Wässerchen trüben.
„Na also, es geht doch. Lass uns Schluss machen, das reicht für heute“, schlägt Andy vor und wir schlendern langsam zum Tor des Round Pens, wo uns Jeremy Davis entgegenkommt.
Sein Gesicht verspricht Neuigkeiten, wahrscheinlich eine gute Nachricht, und wir sehen ihn fragend an.
„Es gibt zu tun, Chicos, eure Mutter hat angekündigt ihre Rückkehr.“
Robin und Andy sehen sich heilfroh an und Piper und ich freuen uns mit ihnen. Celeste Davis war, kurz nachdem ihre beiden Söhne endlich wieder zu Hause waren, zu ihrer Familie nach Mexiko gereist, weil sie es nicht verkraften konnte, dass ihr neugeborenes Mädchen, Robins und Andys einzige und erst einen Tag alte Schwester, die sie selbst noch nie gesehen hatten, in einer Nacht spurlos verschwand. Celeste wusste weder, dass sie von Vampiren entführt, noch, dass sie kaltblütig ermordet worden war.
Ich glaube, in diesem Moment wagen wir es alle, sehr stark zu hoffen, dass Celeste über den Verlust ihres Kindes hinweggekommen ist und sich in Mexiko abgelenkt, vielleicht auch ein bisschen erholt hat.
„Sie kommt nicht allein“, wirft Jeremy ein, „kommt mit Selva und Chiquilla.“
Chiquilla bedeutet Mädchen. Selva muss eine Tochter haben, mit der sie von nun an auf der Ranch der Familie Davis wohnen wird. Aus welchen Grund auch immer. Andy hat es irgendwann schon mal erwähnt.

„Fahren los in einer Stunde, dauert eine gute Weile. Seid hier, por favor, räumt auf, Chicos, conforme?“
„Sí, Padre.“
Andy sagt noch etwas, was ich nicht verstehe. Sein Vater nickt nur. Eigentlich hätte es mich interessiert, aber in diesem Moment möchte ich nur wissen, wer wohl Selva und ihre Chiquilla sein mögen.
Ich bin gespannt.

IV
Brendan

Die ersten, die mich begrüßen, als ich wiederkomme, sind meine Pferde. Mein Einhorn Justo wiehert aus vollem Halse und die kleine gescheckte Cheyenne tänzelt aufgeregt am Weidezaun entlang, während Dad den Wagen langsam in die Einfahrt lenkt.
Bereits als wir in die Shining Road eingebogen sind, habe ich Justos Nähe gespürt. Ich merke es immer, wenn er nicht weit ist, schließlich ist er mein Einhorn.
Dad parkt vor unserem Haus und ich reiße sofort die Autotür auf, um die Pferde zu begrüßen.
Nachdem ich über den Zaun gesprungen bin, steht Justo augenblicklich neben mir. Ich kraule ihn am Kopf.
„Ich hab dich so vermisst, mein Guter.“
Seine treuen, blauen Augen sehen mich fragend an. Ich reiche ihm ein Leckerli. Cheyennes Maul stupst mich von hinten.
„Ja, du bekommst auch was.“
Mein Vater hat sich über den Holzzaun gelehnt und sieht uns belustigt zu.
„Willst du nicht erst mal deine Mom und Maggie begrüßen, Brendan?“
„Mach ich sofort, aber danach geh ich reiten. Ich hab so selten Gelegenheit dazu!“

„Stimmt, das letzte Mal müsste schon mindestens eine Woche her sein."
„Mindestens!"
Wir lachen beide. Meine Mutter kommt mit Maggie auf dem Arm aus dem Haus und Dad begrüßt sie.
„Na, meine zwei Prinzessinnen, musstet ihr lange warten?"
Er meint weniger Mom als Maggie, denn sie ist es, die immer ein wahnsinniges Theater macht, wenn jemand wegfährt.
Maggie ist nicht meine richtige Schwester, wir haben sie adoptiert, aber sie gehört nicht weniger in die Familie als ich. Natürlich erfährt sie mehr Aufmerksamkeit, aber das kann ich keinem übel nehmen, ich bin ja nicht so oft da.
Ich wohne im Internat in Carona, weil ich dort die Schule besuche. Mom und Dad sind viel unterwegs, deswegen haben wir auch ein Kindermädchen, das gleichzeitig den Haushalt führt. Ich finde es immer furchtbar, wenn meine Eltern meinen, dass jemand auf mich aufpassen müsste, immerhin wohne ich in Carona auch allein!
Aber im Moment mache ich mir darüber keine Gedanken. Ich kann es gar nicht erwarten, endlich wieder auf Justos Rücken zu sitzen, deswegen begrüße ich Mom und die Kleine sehr eilig. Natürlich freuen sie sich, mich zu sehen, aber ich werde ja noch eine Weile bleiben.

Im Stall trifft man normalerweise auch auf unseren Pferdepfleger Thomas, der sich um Cheyenne, Justo und ihre Boxen kümmert, wenn ich nicht da bin. Fahre ich nach Hause, mache ich das aber lieber selbst.
Ich hole das Sattelzeug, um gleich mit Justo auszureiten. Putzen ist bei ihm meistens nicht nötig, er ist immer strahlend weiß, wie es sich für ein Einhorn gehört. Trotzdem bürste ich ihn kurz ab.
Als ich mich in den Sattel geschwungen habe und Mom winke, während ich vom Hof reite, wiehert Cheyenne uns

ein bisschen traurig hinterher. Sie ist nicht gern allein. Pech für sie.
„Na, Justo, wo reiten wir heute am besten hin?“
Ich überlege, ob ich meine Freunde besuchen soll, sie sind sicher alle auf der Davis Ranch, aber ich entscheide mich dann doch für den Wolf Forest. Zwar mag ich diesen gruseligen Wald nicht, aber in die Prärie reite ich auch ungern, erst recht bei dieser Hitze. Und es gibt hier nur den einen Wald in der Nähe, in dem es schattig ist.
Außerdem will ich heut lieber allein sein.
Wir brauchen ja auch nicht ganz so nah ran zu reiten, nur ein bisschen den Fluss lang, der dort fließt.
Den Bloody River mag ich genauso wenig, wie den Wolfswald, aber ich glaube nicht, dass uns irgendetwas passiert. Wir haben das Böse ein für alle Mal besiegt.
Die anderen Krieger und ich.
Und die Einhörner haben uns geholfen.
Wenn ich mit Justo ausreite, erzähle ich ihm meistens alles, was so passiert ist und was ich denke.
Auch heute. Mit ihm kann man super Selbstgespräche führen.
„Weißt du, in letzter Zeit hab ich ziemlich oft Albträume. Ich kann einfach nicht aufhören, an die ganze Sache von damals im Wolf Forest zu denken. Obwohl jetzt alles vorbei ist, mache ich mir Sorgen. Eigentlich völlig unnötig, es ist jetzt schon zwei Monate her. Aber es kommt mir so unwirklich vor. Als hätte ich es in einem Film gesehen. Total komisch irgendwie.“
Ich mache eine Pause und versuche, einen klaren Gedanken zu fassen, aber es gelingt mir nicht.
„Wirklich seltsam…“
Ich glaube fast, Justo versteht jedes Wort, was ich sage, vielleicht ist das auch nur Einbildung, aber ich würde es ihm zutrauen. Die Einhörner scheinen so etwas wie einen siebten Sinn zu haben, wie alle übernatürlichen Wesen.

In gewisser Weise gehören wir ja auch dazu, wir sind wiedergeborene Seelen, die dazu bestimmt sind, die Einhörner zu beschützen. Vor über sechshundert Jahren haben wir schon einmal gelebt und für sie gekämpft. Vielleicht leben wir ständig.
Möglicherweise sind wir immer da und können uns nur nie daran erinnern!
Als ich erfuhr, dass ich zu den Kriegern des Horns gehöre, dachte ich erst, man will sich einen Scherz mit mir erlauben. Viele Leute erlauben sich Scherze mit mir.
Aber später kam die Erinnerung allmählich wieder und ich wusste von dem Kampf gegen den bösartigen Dämon Avazaro Truce und von den Einhörnern, die schon damals dabei waren. Ich konnte mich an jede Einzelheit, die den Kampf betraf, jedes Detail genau erinnern.
Aber alles, was mein persönliches Leben zu jener Zeit betraf, war wie ausgelöscht. Und ist es noch immer.
Das ist wirklich eine Sache, die mir erst jetzt richtig auffällt, ich sollte vielleicht mit Piper darüber reden.
Aber bevor ich jetzt noch mehr darüber nachdenke, wage ich einen kleinen Galopp.
Justo ist wahrscheinlich mein bester Freund geworden, er ist einfach anders, als normale Pferde. Eigentlich habe ich das Reiten aufgegeben, seit ich auf Cheyennes Rücken durch die Botanik trabte.
Aber jetzt tue ich es wieder.
Als ich mein Pferd durchpariere, bemerke ich erst, wo ich mich befinde.
Ich bin mit meinen Gedanken so beschäftigt gewesen, dass ich Justo geradewegs auf den Wald zugelenkt habe. Vielleicht ist er auch von sich aus hierher gegangen, ich weiß es nicht. Fest steht, ich bin ziemlich nah an den Wolf Forest heran geritten. Und wirklich wohl ist mir dabei nicht. Wir sollten sehen, dass wir hier wegkommen.
Ich halte mein Pferd an und sehe zu den Bäumen hinüber. Ich bin hier wirklich nicht gern.

Als ich beschlossen habe, umzudrehen, und noch einmal zum Wald hinüberblicke, entdecke ich zwischen den Bäumen etwas, das mir einen Schauer über den Rücken jagt.
Zwischen Ästen und Zweigen, weit unten im dichten Gestrüpp, kauert er.
Und scheint mich zu beobachten.
Ein Werwolf, jede Wette! Die Werwölfe der Vampire sind seltsame Wesen, ich weiß nicht viel über sie, nicht mal, ob sie sich verwandeln, aber ich erkenne einen, wenn ich ihn sehe.
Und ich hatte gehofft, in meinem Leben auf keinen mehr zu stoßen. Sie sind abscheulich. Blutrünstig. Gierig. Unberechenbar.
Und ihren Herren treu. Wo ein Wolf ist, kann ein Vampir nicht weit sein!
Justo fängt an, unruhig zu werden, panisch reiße ich an seinen Zügeln. Mit aller Kraft versuche ich ihn zu wenden, oder einfach nur zu bewegen. Er scheint mich nicht im geringsten zu registrieren. Wird nur immer aufgeregter und tänzelt herum.
Der Wolf trottet aufmerksam und mit gesenktem Kopf auf uns zu. Ohne den Blick abzuwenden.
Das Einhorn hebt die Vorderhufe und beinahe falle ich von seinem Rücken.
Mittlerweile starre ich so gebannt auf die immer näher kommenden Kreatur, dass ich unfähig bin, auf das Pferd zu reagieren.
Ich denke nur noch eins. Meine Rettung.
Und dann tue ich es.
Etwas, was ich schon eine ganze Weile nicht mehr gemacht habe. Ich setze meine Fähigkeit ein. Ich denke kaum daran, endlich dem hier zu entkommen, als die Zeit still steht und der Wolf vor mir erstarrt.
Ich kann tatsächlich immer noch die Zeit anhalten! Ich habe diese Gabe seit dem Vampirkampf im Wald nicht mehr benutzt.

Jetzt steht der Werwolf regungslos, wie versteinert vor uns. Das war ziemlich knapp! Wer weiß, was passiert wäre, wenn ich noch ein paar Sekunden gewartet hätte!
Destiny weiß es. Das Schicksal weiß alles. Ich sehe zum Himmel hinauf und danke ihr dafür, dass sie uns unsere Fähigkeiten nicht genommen hat, als sie uns ein menschliches Leben auf der Erde schenkte.
„Zum Glück!“
Dann schaue ich auf Justo. Er ist ganz ruhig, keine Spur von der Nervosität, der Aufregung von vorhin.
Wir wenden und ich werfe noch einen letzten heilfrohen Blick auf den Werwolf, bevor wir wie der Blitz nach Hause galoppieren.
Nichts wie weg hier!

V
Andy

Am nächsten Tag haben wir uns schon sehr früh auf der Ranch versammelt, um die Ankunft von Mamá und Selva zu erwarten. Und natürlich auch die von Maya.
Es ist schon sehr lange her, dass ich sie das letzte Mal sah. Ich weiß nicht einmal genau, wie alt sie jetzt ist, aber ich freue mich richtig darauf, sie und Selva wieder zu sehen.
Robin und ich haben mit der Stallarbeit begonnen, während Piper und Dina ihre Einhörner putzen. Bei der Hitze wäre es eine Qual, sie hinauszuschaffen.
Ich mache mir gerade über die beiden Pferde Gedanken, die mein Vater mir zur Ausbildung zugedacht hat, als Brendan völlig aufgebracht in den Stall stürmt.
„Was, du lebst auch noch?“
Dina empfängt ihn besonders freundlich mit gespielter Überraschung.
„Hast du heute deinen lustigen Tag? Ich kann auch wieder gehen!“
Er fühlt sich natürlich sofort angegriffen.

„Ich mein ja nur, es ist wirklich eine Seltenheit, dich hier zu sehen“, versucht sie sich zu verteidigen.
„Was ist los?“
Piper ist wohl nicht weniger neugierig als ich, denn es stimmt schon, was Dina sagt – um ehrlich zu sein, habe ich Brendan nicht mehr hier auf der Ranch gesehen, seit er vor ein paar Wochen mit uns mitkam, um überhaupt zu wissen, wo sie sich befindet.
„Ich muss euch was erzählen.“
Er atmet tief ein und wir hören aufmerksam zu, was er zu berichten hat.
„Ich war gestern am Waldrand – eigentlich wollte ich schon eher herkommen, aber…“
Dina verdreht die Augen. Er soll endlich reden!
„Naja, ich ritt also mit Justo ganz in Gedanken und bemerkte nicht, wie nah ich an den Wolfswald herangekommen war. Und als ich dann plötzlich aufblicke, sehe ich ihn zwischen den Sträuchern. Er hatte sich geduckt, um mich zu beobachten… “
„Wer?“, fragen wir wie aus einem Munde.
„Na der Werwolf!“
Entsetzt sehen wir Brendan an. Tatsächlich? Robin murmelt etwas Unverständliches, Dina schüttelt den Kopf. In Pipers Augen spiegelt sich Furcht.
Ich greife beruhigend nach ihrer Hand. Vielleicht ist es nur halb so schlimm.
„Und du bist dir sicher, dass es ein Werwolf war?“
„Ganz sicher. Er sah mich so an… irgendwie total… na wie ein Werwolf eben! Und Justo war auch ganz unruhig. Außerdem bin ich ihm in der Nähe des Wolf Forest begegnet! Kein Zweifel, dass es ein Werwolf war!“
Wir schauen alle betrübt zu Boden. Uns allen spuken wohl dieselben Fragen im Kopf herum, aber keiner wagt es, sie auszusprechen.

Geht es weiter? Sind wir noch nicht erlöst nach diesem einen Abenteuer? Was ist, wenn es noch nicht vorbei ist? Was passiert als nächstes?
Ich komme nicht dazu, diese Gedanken zu Ende zu bringen, denn mein Vater unterbricht unsere stumme Unterhaltung, indem er mit fröhlichem Gesicht durch die Stalltür schaut, um uns nach draußen zu holen.
„¡Atención! Sie kommen! Raus schnell, eure Mutter ist da!“
Blitzschnell springen wir auf und lassen die negative Nachricht von eben im Stall zurück.

Das rostige rote Auto steht vorm Fenster auf dem Hof, während die alte Katze auf der Motorhaube in der Sonne schläft. Aber diesen Nebensächlichkeiten schenkt jetzt niemand Beachtung.
Nach der kurzen Begrüßung haben wir uns alle in der Küche zum Frühstück eingefunden. Die Stimmung ist bestens. Ich bin froh, Mamá endlich wieder wohlbehalten hier zu wissen. Zu Hause.
Und ich weiß, dass es Robin nicht anders geht.
Während des gesamten Frühstücks berichtet Selva aufgebracht von der Fahrt hierher, der Hitze und den Staus. Danach begeistert sie sich für die Ranch und hebt hervor, wie sehr sie sich freut, hier sein zu dürfen.
Selva ist beim Rest der Familie nicht sehr angesehen, da sie alleinstehend ist und mit Maya ein uneheliches Kind hat. Aber uns allen ist die zierliche Persönlichkeit sofort sympathisch. Sie ist etwa Mitte dreißig und hat langes schwarzes Haar, wie ihre Schwester Celeste. Das feuerrote Kleid, welches sie anhat und wohl auch zum Tanzen trägt, verstärkt ihr Temperament noch optisch.
Von dem, was sie sagt, bekomme ich allerdings kaum etwas mit. Aber mir fällt auf, dass sie kaum einen Akzent spricht, obwohl ich nur mit einem Ohr hinhöre, weil das andere durch Maya ausgelastet ist, die nun unbedingt endlich ein Pferd sehen will – nicht, dass sie vorher nie eines gesehen

hätte, aber man versprach ihr ja einen ganzen Stall voll davon.
Als Piper sich auch noch auf ihre Seite schlägt, brauchen sie nicht lange, um mich zu erweichen, und Jeremy überträgt Robin und mir die Aufgabe, der Kleinen den Hof zu zeigen. Als ich sie einwilligend ansehe und auffordere, mitzukommen, jubelt sie, während Piper ganz gerührt zu mir blickt und ich mich frage, ob sie mich gerade in der Rolle eines Familienvaters sieht.
Sie nimmt Maya an die Hand und folgt mir mit Robin auf den Hof hinaus, in die Wärme. Maya ist ein niedliches siebenjähriges Mädchen mit halblangem, kastanienbraunem Haar und tiefschwarzen Augen. Sie ist ein richtiges Energiebündel, Piper und Dina haben sie sofort ins Herz geschlossen und ich kann mir vorstellen, dass sie in Zukunft eine Menge Leben in den Stall und auf den ganzen Hof bringen wird.
Zuerst besuchen wir die Koppeln, dort sind heut die meisten Pferde. Wir haben die Jählinge von der restlichen Herde getrennt, da mein Vater einen großen Teil von ihnen verkaufen wird. Es sind einfach zu viele, um sie allein auszubilden.
Ein paar schaffen wir auch auf andere Höfe, um sie dort ausbilden zu lassen, dann bringen sie beim Verkauf mehr Geld. Es lohnt sich allerdings nicht bei allen, so viel zu investieren. Der größte Teil kommt bei Auktionen in andere Hände, allerdings auf das Risiko hin, dass man nie weiß, in welche.
Maya begeistert sich sofort für die Fohlen und klettert unterm Weidezaun durch, bevor ich sie daran hindern kann.
„Du darfst nicht so nah rangehen", meint Piper, die ihr nachgelaufen ist, „die Pferde sind noch keine Menschen gewöhnt."
„Komm hierher, den kannst du streicheln!", ruft Robin von der anderen Seite des Zaunes und führt Don Vernando, den Wallach meiner Mutter, an den Rand.

Mayas Blumenkleid flattert im Wind, als sie zu ihm läuft und einen Freudenschrei ausstößt. Es gibt kein besseres Bild für das Wort Freude. Ich bin mir sicher, es wird meiner Mutter gut tun, doch noch so einen kleinen Wirbelwind im Haus zu haben. Das war es ja, was sie sich gewünscht hatte.
„Sie ist total begeistert von Pferden", erzählt Selva, die inzwischen auch nach draußen gekommen ist und sich bemüht, Vernando am Kopf zu streicheln.
„Das sind wohl alle hier", bemerkt Piper und grinst Selva dabei an.
Sie lächelt zurück. Ich glaube, sie wird sich hier schnell einleben. Und Maya sicherlich genauso, ihr gefällt es ja schon jetzt. Eben stemmt sie mit einem empörten Gesicht die Hände in die Hüften.
„Und wann darf ich endlich reiten?"

VI
Piper

Maya wäre am liebsten mit uns zum Abschlussfest gegangen, aber wir konnten sie im letzten Moment noch davon überzeugen, dass dort nur große Leute rumlaufen und es ja noch nicht mal Pferde gibt, dort, wo wir hingehen.
Damit war sie ruhig gestellt und blieb bei Andy und Robin, die sich bereit erklärten, auf sie aufzupassen.
Arme Jungs, hoffentlich kommen sie klar. Aber ich glaube, es kann den beiden nicht schaden, mal mit der Kleinen allein zu sein.
Sie haben ihr versprochen, das Pony von Brendan auszuleihen, auf dem sie dann reiten kann – ganz alleine! Ich bin gespannt, ob das was wird…
Übrigens hat Dina wirklich nicht übertrieben – die Schulband ist fantastisch. Ich verstehe ja nicht viel von Musik, aber was man aus diesen Instrumenten herausholen kann, fasziniert mich immer wieder. Und tanztauglich ist sie auf jeden Fall. Der gesamte Saal vergnügt sich beim Rock 'n'

Roll auf dem Parkett. Es muss wohl eine Weile her sein, dass ich mich das letzte Mal so beim Tanzen amüsiert habe. Aber ist ja auch egal, jetzt jedenfalls habe ich erst mal Spaß.
Eine Menge Leute von meiner High School sind hier, und ich bin erstaunt, weil ich davon ausgegangen bin, hier keinen zu kennen.
Beim kurzen Aufflackern der Discobeleuchtung kann man den Gesichtern nichts als Freude entnehmen, was wahrscheinlich von der Party, dem Ende des Schuljahres und den Sommerferien herrührt, die nun zum Greifen nah sind.
Doch mittlerweile ist es schon nach zwölf und die Band hat bereits die fünfte Zugabe gegeben. Als wir ankamen, war man bereits dabei, die Ferien zu eröffnen, aber jetzt sieht Dina endlich eine Chance, mir ihren Freund vorzustellen.
Leo scheint eine enge Freundschaft mit seiner Gitarre zu verbinden, er spielt das Instrument, als würden sie sich von Geburt an kennen.
Wir bahnen uns einen Weg durch die Schülermassen, während wir die letzten Akkorde des Liebesliedes verklingen hören.
Zum Abschluss ausnahmsweise mal einer von den langsameren Songs.
Dann Applaus. Alle jubeln.
Aber ich schätze, jetzt müssen sie langsam Schluss machen, der Schuldirektor hat andernfalls die Räumung des Saals prophezeit. Schade eigentlich.
Dina hat ein dahinschmelzend-glückliches Lächeln auf den Lippen und auch in meinen Ohren klingen die letzten Töne noch nach, als wir die Bühne erreichen. Der Sänger verbreitet gerade Trauer im Publikum, indem er erklärt, dass wir alle wahrscheinlich noch rausgeschmissen werden, und die Stimmung sinkt innerhalb einer Sekunde auf den Nullpunkt.
Vielleicht ist es gar nicht so schlecht, wenn wir jetzt gehen, meine Energie hat bereits sehr gelitten, man könnte sagen,

ich bin hundemüde. Ganz im Gegensatz zu Dina, die geradezu nach Action zu schreien scheint.
Leo bemerkt sie, bevor sie zu ihm raufklettern kann, schmunzelt und stellt sein Instrument zur Seite. Das Licht auf der Bühne ist dunkler geworden und die Band räumt bereits zusammen.
Leo hat die perfekte Gitarristenfrisur, sein dunkelblondes Haar hängt ihm wirr im Gesicht. Er springt von der Bühne, begrüßt Dina mit einem Kuss und macht genau wie sie einen wahnsinnig glücklichen Eindruck dabei. Ich freue mich für die beiden und widme Andy in diesem Moment einen sehnsüchtigen Gedanken. Bald bin ich bei dir.
Dann begrüßt Leo auch mich sehr charmant mit einem Lächeln, entschuldigt sich aber eine Sekunde später und verschwindet, um ‚den Jungs noch beim Abbauen zu helfen', wie er sagt.
Ich gehe mit Dina zum Ausgang der Schule, um dort auf ihn zu warten. Am Himmel glänzen die Sterne. Dabei waren wir doch gar nicht so lange weg…
Ich beobachte die Menschen, die im Schein der Laternen das Schulhaus verlassen. Gut gelaunt und meist mit einem Lächeln auf den Lippen steigen sie die unendlichen Stufen der Treppe hinab. Natürlich musste es irgendwann zu Ende sein, aber es war schön!
Wir warten auf Leo und ich versuche, mich an den Titel des Elvis-Songs zu erinnern, den die Band vorhin gespielt hat… als ich jemanden das Lied singen höre.
Ich drehe mich hastig um und sehe Dina über dem Treppengeländer lehnen und auf den Parkplatz schauen. Sie kann es nicht gewesen sein.
Ich nehme sie eilig bei der Hand und führe sie die Stufen hinunter. Leo wird wohl kaum durch diesen Ausgang kommen, immerhin laden sie die Instrumente in die Autos.
Mein Blick schweift suchend über den Parkplatz, die Treppe und den Eingangsbereich…
Dina fragt mich, was los ist.

Ich kann jetzt nicht sagen, ob wir sicher sind. Allzu bekannt war mir diese übernatürliche Stimme.
Der Schatten, dem sie gehört. Dessen Lächeln jetzt erstarrt, als ich ihn auf den unteren Stufen der Treppe vor mir stehen sehe. Blutjung und doch uralt. Grausam und gleichzeitig elegant. Ein Feind mit Stil.
Und daneben sie. Die eine vollkommene Sinneswandlung durchgemacht hat. Der größte Gegensatz zu dem Mädchen, das ich einst kannte – Gillian. Oder auch Wisdom, wie wir sie nannten.
Jetzt ist sie ein Vampir. Genau wie Joice. Ein skrupelloses Paar auf Jagd, das sich unter die Menschen mischt.
Neben mir bricht Dina zusammen. Ihr Blick war in dem Moment erstarrt, als wir vor ihnen standen.
Die Vampire lächeln drohend.
Ich sehe runter auf das Kopfsteinpflaster und auf Dina.
Leo kommt aufgebracht angelaufen und beugt sich über sie.
Er will wissen, was passiert ist.
Ist es jetzt vorbei?
Die Vampire sind weg.

VII
Gillian

Irgendwann musste es ja so weit kommen. Unvermeidlich, dass es passiert, egal wann. Unsere Wiederbegegnung war unumgänglich.
Aber unbedingt heute? Gerade heute, da ich hoffte, einmal einen Tag ohne verschwendete Gedanken an sie haben zu können. Ohne ihre Gedanken.
Denn selbst wenn sie weg sind, kann ich ganz genau hören, was sie empfinden – wenn ich mich darauf konzentriere. Ich bin besser geworden darin. Und auch stärker in allem anderen. Das sagt selbst Joice.
Und ihn beunruhigt das Treffen mit den Kriegern nicht die Spur. Er sitzt neben mir, sieht aus dem Fenster und singt

leise vor sich hin. *You are always on my Mind.* Und nicht mal richtig.
Ich dachte, dass auch er nur einen netten Abend mit mir ohne Ablenkung verbringen wollte, doch er scheint die ganze Zeit über etwas geahnt zu haben. Selbst für mich ist es schwierig, ihn zu durchschauen. Doch für jeden anderen ist es unmöglich. Er verschleiert seine Gedanken zu gut und verrät sie nicht wie die Menschen durch Mimik und Gestik. Er ist eben unfehlbar. Und wahrscheinlich kann er meine Gedanken ebenso gut lesen wie ich seine. Er ist ein Vampir, ein sehr starker, man sollte bei ihm alles für möglich halten. Joice haben die Mächte des Himmels keine Gabe zum Schutz gegeben.
Das war auch nicht nötig.
Ja, ich gehörte selbst einmal zu ihnen, ich gebe es zu. Und ich war mit Piper eng befreundet – enger als mit Joice zu diesem Zeitpunkt, oder irgendjemandem. Doch trotzdem gibt es keinerlei Gründe, weshalb ich mein Leben, nachdem ich starb und zu einem Vampir wurde, nicht vollständig umkehren sollte.
So sei es, sagte ich mir, und nun bin ich das, was ich bin.
Der Wagen hält.
„Wir sind da."
Unser Fahrer sieht verstohlen auf die Rückbank.
„Hierhin wolltet ihr doch, oder? Der Friedhof von Coastville."
Ich blicke hinaus. Ein halber Mond scheint müde auf die verlassenen Gräber. Bedeckt vom Schatten der katholischen Kirche von Coastville. Hier sind wir richtig.
Joice steigt aus. Er geht um den Wagen herum, um mir die Tür zu öffnen.
„Vielen Dank, dass Sie uns hier hergebracht haben."
Ich betrachte unseren Fahrer aufmerksam im Rückspiegel. Er ist noch ein junger Kerl und wahrscheinlich daran gewöhnt, Tramper nach der Disco heimzufahren. Kein Wun-

der, dass er verwirrt ist, wer will schon nachts auf einen Friedhof!
Joice lässt mich raus und öffnet gleichzeitig die Fahrertür.
„Ich wollte mich noch einmal bei Ihnen bedanken, Sir“, sagt er betont freundlich und ich springe eilig aus dem Wagen.
„Keine Ursache.“
Unser Fahrer macht sich daran, die Tür wieder heranzuziehen, doch Joice lässt sie nicht los.
„Wenn Sie noch Zeit haben, können Sie gern noch ein bisschen mit zu uns kommen. Wir laden Sie zum Essen ein.“
In seinen Augen blitzt die Leidenschaft. Dem Mann wird mit einem Mal sehr mulmig zumute.
„Sonst gern, aber meine Frau erwartet mich.“
Ein erneuter Versuch, Joice die Tür aus der Hand zu reißen. Natürlich wiederum erfolglos.
„Schade. Wir haben es gemütlich. Aber wer nicht will…“
Unser Fahrer nickt bedauernd.
„Da kann man wohl nichts machen.“
In der nächsten Sekunde reißt Joice die Autotür ganz auf, ergreift mit der anderen Hand den erschrockenen Mann an der Kehle und zieht ihn aus dem Wagen. Einen Moment lang liegt er röchelnd auf der Straße.
„… den muss man zu seinem Glück zwingen.“
Gierig fallen wir über unser Opfer her.
Saugen ihm vollständig das Blut aus. Er keucht noch eine Weile und versucht, sich zu wehren, aber er hat gegen uns überhaupt keine Chance.
Dann liegt er tot zu unseren Füßen und starrt mit weit geöffneten Augen zu uns hinauf. Ich sehe Joice an und lecke mir das Blut von den Lippen.
„Wie fanden Sie das Dinner, Mr. Roden?“
„Ausgezeichnet, Ms. Wertel. Danke der Nachfrage. Aber lassen Sie uns nun gehen, es ist spät.“
„Ich teile Ihre Ansicht vollkommen.“
Er reicht mir den Arm.

Noch einmal wendet er sich spöttisch an unseren Fahrer.
„Nur dumm für Ihre Frau, Sir. Vielleicht sollten Sie ihr Bescheid geben, dass Sie heute etwas später kommen.“
Dann drehen wir uns um und spazieren hoch erhobenen Hauptes durch das Tor des Friedhofs.
Und Joice singt wieder sein Lied.

VIII
Piper

„Es geht dir also schon besser?“
Ich brauche Dina keinen Moment lang zu erklären, was vorhin mit mir los war.
„Nicht der Rede wert, mach dir keine Sorgen. Ich war wahrscheinlich etwas schockiert.“
„Wahrscheinlich? Du weißt nicht, was ich mir für Sorgen um dich gemacht habe!“
Ich bin immer noch sehr beunruhigt und Dina schafft es in keinster Weise, mir die Angst zu nehmen.
„Ich glaube, du hast noch weniger als ich mit dieser Begegnung gerechnet.“
„Was willst du damit sagen?“
Dina holt Luft und macht dabei eine viel zu lange Pause. Was meinte sie eben?
„Ich will damit sagen, ich bin nicht davon ausgegangen, dass sie nicht mehr existieren. Dass sie im Kloster zusammen mit der Kirche in Flammen aufgegangen sind. Weil ich die Wahrheit kannte.“
„Du meinst, du hattest eine Vision?“
„Nein, das war es diesmal nicht.“
„Aber wie kamst du zu der Annahme?“
Dina atmet hörbar aus. Jetzt wird sie mir wohl oder übel erzählen müssen, was sie weiß.
„Es tut mir Leid, dass ich es dir verschwiegen habe, ich wollte dich nicht beunruhigen.“

Ich bin etwas beleidigt. Ich habe nicht gewusst, dass man mit mir so vorsichtig umgehen muss.
„Als wir auf den Einhörnern nach Hause geritten sind, habe ich mich noch einmal umgedreht und die beiden Vampire gesehen. Sie standen am Waldrand und mir kam es vor, als wollten sie uns klarmachen, dass das ein Nachspiel haben wird. Ich dachte, ich hätte es mir nur eingebildet und hielt es für nicht so wichtig.
Die beiden Rebellen haben ja auch in erster Linie gegen die anderen Vampire gehandelt und nicht gegen uns."
„Das ist relativ."
Aber wahrscheinlich hat sie trotzdem Recht. Hätte ich das gewusst, wäre ich überhaupt nicht auf den Gedanken gekommen, eine normale Zukunft vor mir zu haben. Ich war tatsächlich so naiv, zu glauben, wir wären stark genug um Gillian und Joice zu vernichten. Das ist mal wieder typisch.
Ich stütze meinen Kopf auf und schließe die Augen. Was hat das alles nur zu bedeuten?
Dina nimmt den Faden wieder auf.
„… vielleicht war unser Treffen auch nur ganz zufällig. Es ist doch wahrscheinlich, dass wir ihnen irgendwann über den Weg gelaufen wären, wenn sie sich hier in der Umgebung aufhalten."
„Ja, du hast sicher Recht."
Es ist lieb von dir, aber ich fürchte, du wirst mich nicht beruhigen können. Wahrscheinlich wirst du mich niemals beruhigen können.
Ich verabschiede mich und lege den Hörer auf.
Dina glaubt vielleicht wirklich, dass wir den Vampiren zufällig begegnet sind, aber ich kann mir das einfach nicht vorstellen. Ich glaube, dass alles vorbestimmt ist, was passiert, denn ich habe selbst mit dem Schicksal gesprochen. Destiny, unsere Auftraggeberin, sagte uns selbst, dass es so sein muss. Dass Gut gegen Böse kämpft und Böse gegen Gut. Denn wer weiß schon, zu welcher Seite er gehört.

Ich weiß nur, dass die Vampire die Feinde der Menschheit sind. Weil sie sie unterwerfen wollen. Und die Menschen brauchen die Einhörner…
Ich sitze auf meinem Bett und betrachte gedankenverloren den Rubin auf der Kommode. Er schmückte einst Gillians Nachttisch.
Ein Kommunikationsmittel der ganz besonderen Art.
Mir ist kalt. Ich stehe auf, um das Fenster zu schließen. Ich wünschte, ich könnte das alles so locker sehen wie Dina, und mir weniger Sorgen machen.
Als ich das Fenster zumachen will, stutze ich.
Ist da nicht eben etwas über mein Fensterbrett gehuscht?
Ich beuge mich hinaus.
Nichts.
Ich schüttle den Kopf, schließe das Fenster und erschrecke furchtbar.
Neben mir auf dem Bett sitzt etwas und sieht mich an.
Es ist ein Backenhörnchen. Selbst auf den Hinterbeinen aufgerichtet ist es nicht größer als zehn Zentimeter.
Ich blinzle mit den Augen und rede mit mir selbst. Wahrscheinlich bin ich übermüdet, ich hätte mich schon vor einer ganzen Weile hinlegen sollen.
„Piper, was bist du doch für ein ängstliches kleines Mädchen. Machst dir fast in die Hose, nur weil ein winziges Knopfaugen-Nagetier auf deinem Bett sitzt!“
Ich lasse mich kopfschüttelnd auf dem Boden nieder und überlege, was ich mit dem Tierchen anstelle. Schließlich verschränke ich die Arme hinter dem Kopf und strecke mich auf dem Fußboden aus. Ich starre die Decke an und vergesse das Tier allmählich. Ich bin nur noch müde. Dann schließe ich die Augen.
„Ich würde nicht unbedingt sagen, dass du ängstlich bist.“
Alarmiert schrecke ich hoch und blicke das Hörnchen an.
Es ist verschwunden.
Ich stehe auf und bin mit einem Male wieder hellwach.
Mein Blick fällt auf den Wecker.

Es ist halb zwei.
Leo hat Dina und mich nach der Party noch nach Hause gebracht und Dina ist glücklicherweise im Auto zu sich gekommen. Aber sie war nicht weniger durcheinander als ich.
Eigentlich hat mir der Abend doch sehr gut gefallen – wäre nicht dieser Zwischenfall gewesen.
Und nun habe ich schon Halluzinationen.
Ich sehe noch einmal zu meinem Bett zurück und das Backenhörnchen ist wieder da. Es legt den Kopf schief und zwinkert mich mit seinen schwarzen Kulleraugen an. Es scheint zu grinsen.
Ich runzle die Stirn. Ich muss wirklich ins Bett gehen.
Aber was mache ich mit dem Tier da?
Ich öffne das Fenster wieder und versuche, das Hörnchen hinauszujagen.
Es bewegt sich keinen Zentimeter. Sitzt nur da und grinst.
Ich probiere mit allen Mitteln, es zu erschrecken und stelle anschließend fest, dass ich mir ziemlich blöd dabei vorkomme.
„Willst du mich wirklich schon loswerden?“, werde ich gefragt und beäuge das Nagetier misstrauisch. Hat es jetzt wirklich mit mir gesprochen?
Das würde mich beinahe nicht mehr wundern. Aber ich beschließe, ihm lieber vorsichtig zu begegnen.
„Ich hatte gehofft, mich ein bisschen mit dir unterhalten zu können.“
Traurig blinzelt es mich an, ich runzle misstrauisch die Stirn.
„Was könnte mir ein Backenhörnchen zu sagen haben?“, frage ich genervt.
Eigentlich reicht es mir für heute bereits.
„Gern hören wirst du es nicht, aber ich hielt es für eine gute Idee, euch zu warnen.“

„Zu warnen? Wovor denn? Wer bist du eigentlich, dass du uns *warnen* musst? Und wieso überhaupt *uns*, wen meinst du damit?“
„Ich meine euch alle, die Krieger des Horns. Ihr braucht dringend Hilfe, würde ich sagen. Euch steht eine Menge Ärger bevor.“
Plötzlich ist keine Spur mehr von dem amüsierten Grinsen zu sehen.
„Mein Name ist Annikki Gaia Tapia, aber es ist jetzt nicht genügend Zeit, alles im Detail zu erklären. Die Vampire sind sehr machtgierig. Damit sie in die dunklen Geheimnisse der Dämonen eingeweiht werden, verlangt ihre Herrscherin ein Geschenk.“
Das Tier ist jetzt furchtbar aufgeregt.
„Welche Herrscherin? Ich habe noch nie von ihr gehört. Und was hast du denn damit zu tun?“
Ich bin mittlerweile total durcheinander.
Da klingelt das Telefon und ich stürze zum Hörer.
„Hilton. Hallo?“
„Piper, hier ist noch mal Dina. Es gibt schlechte Nachrichten. Eben, als ich mich schlafen legen wollte, hatte ich eine Vision. Ich fürchte, die Einhörner sind in Gefahr, ich habe gesehen, wie sie entführt wurden.“
„Was?“
„Wir müssen sofort zur Ranch! Bis gleich.“
Damit beendet sie das Gespräch.
„Das sagte ich ja. Keine Zeit für Erklärungen, du musst dich beeilen!“
Das Backenhörnchen, springt aufs Fensterbrett und sieht noch einmal kurz zurück.
„Ihr findet mich im Wolfswald, ich erwarte euch.“
Dann ist es verschwunden.
Ich stehe da mit offenem Mund. Vollkommen verwirrt.
Dann drehe ich mich um und laufe, so schnell ich kann, aus dem Zimmer und, ohne Rücksicht auf meine Mitbewohner, die knarrende Treppe hinunter, durch die quietschende Tür,

über den schallenden Hof, und dann den kürzesten Weg über die Koppeln zur Davis Ranch.
Die Pferde wiehern, verärgert, um diese Zeit gestört zu werden. Es ist mir egal.
Wir dürfen es nicht zulassen, dass auch nur eines unserer Einhörner gefährdet wird!

Ich treffe zeitgleich mit Dina und Brendan auf dem Hof ein. Sie wird ihn alarmiert haben, aber das spielt jetzt keine Rolle.
Ich weise Dina an, zum Hinterausgang des Stalls zu laufen, und nehme dabei in Kauf, den gesamten Hof zu wecken. Hauptsache, wir können so schnell wie möglich die Anwesenheit der Pferde überprüfen.
Brendan wirft kleine Steine an Andys Fenster, Dina läuft um den Stall herum, während ich die Vordertür nehme.
Während ich dabei bin, hineinzustürzen, muss ich allerdings feststellen, dass sie verschlossen ist.
Ich verwünsche die Tür und wende mich ab.
Im Wohnhaus geht ein Licht an.
Robin und Andy stecken den Kopf fast gleichzeitig aus dem Fenster.
Robin begegnet uns selbstverständlich mit Humor.
„Solltet ihr um diese Zeit nicht schon im Bett sein?“
Andy grinst mich an.
„Treibt dich die Sehnsucht her?“
Er wirft mir eine Kusshand zu.
Ich sehe gequält zu ihm hoch.
Das ist jetzt wirklich der falsche Augenblick.
„Sorry, wir wollten euch eigentlich nicht wecken, aber ihr müsst sofort runterkommen!“
Brendan hat die Zeit, sich zu entschuldigen.
„Wie hättet ihr das denn geschafft?“
Robin sieht immer noch amüsiert drein, während sich leise die Haustür öffnet. Andy strahlt mich an.
„Was habt ihr denn für Sorgen?“

Mir ist zum Heulen zumute. Können wir jetzt bitte endlich die Tür aufschließen?
Wenige flüchtige Erklärungen später betrete ich als erste den Pferdestall.
Und erstarre im selben Moment wie Andy, Robin und Brendan, als ich die Hintertür zuschlagen sehe.
Andy schaltet das Licht an, doch Robin ist vor mir an der Tür.
Im spärlichen Mondschein erkennen wir zwei Reiter, die auf weißen Pferden die Flucht ergreifen.
Robin flucht.
„¡Maldita sea!"
Wie immer. Als ob uns das was nützen würde!
Andy tritt hinter mich und reagiert nicht viel anders.
Dina kommt von draußen auf uns zu.
„Sie sind weg."
„Du meinst, so richtig *weg*?"
Dina ignoriert Robins Bemerkung.
„Wir sind zu spät gekommen."
Sie sieht uns schuldbewusst an.
„Du hättest sie nicht aufhalten können."
Ich schließe die Tür hinter ihr.
Die Jungs schienen im ersten Moment die Chancen abzuwägen, die Entführer einzuholen, doch jetzt erkennen auch sie die Hoffnungslosigkeit unserer Lage.
Vampire! Und auch noch auf Einhörnern!
Es ist aussichtslos.
Mit einem Blick auf die Boxen bemerke ich, wer fehlt: Dinas Stute Fortuna und das Pferd von Gillian, das in meiner Obhut steht.
„Natürlich", sage ich und sehe in die fragenden Augen der anderen, „Nube."
„Und Fortuna", berichtigt mich Dina, „aber warum gerade sie?"

Jetzt habe ich ohnehin genug Zeit, ihnen die ganze Story zu erzählen. Angefangen von Annikki, dem Backenhörnchen, bis hin zu dem Plan der Vampire, von dem sie berichtete.
Es ist nur logisch, dass Gillian als Erstes ihr eigenes Pferd zurückhaben wollte.
Fragt sich nur, was sie jetzt vorhaben und wie wir es verhindern können.

IX
Dina

Nachdem wir eingesehen hatten, dass es aussichtslos war, die Verfolgung der Vampire aufzunehmen, berichtete uns Piper von ihrem Erlebnis mit Annikki.
Anfangs haben wir sie innerlich ein bisschen belächelt, aber dann glaubten wir ihr alle. Piper ist kein Mensch, der sich so etwas ausdenken würde – schon gar nicht, wenn sie sich damit lächerlich machen könnte.
Es ist doch nur normal, dass wir etwas skeptisch waren. Es ergibt einfach keinen Sinn, dass uns ein wildfremdes Backenhörnchen vor etwas warnt, für das es weder Grund noch Hinweise gibt.
Aber nun ist es passiert, genau so, wie Annikki es vorausgesagt hat.
Und wie ich es gesehen habe.
Es ist etwas anderes, es mit Halluzinationen oder sprechenden Hörnchen zu tun zu haben.
Dachte ich.
Denn es läuft auf dasselbe hinaus. Gewarnt wurden wir in beiden Fällen. Und das sollten wir ja auch.
Ich verstand, was Piper damit meinte.
Um herauszufinden, was wirklich hinter der Entführung steckt, wird uns wohl nichts anderes übrig bleiben, als nach Annikki zu suchen.
Aber vorher müssen wir noch einige Informationen über die Pläne der Vampire einholen.

Ich lief mit Piper zu ihr nach Hause und erfuhr unterwegs den Grund dafür. Sie erzählte mir, dass es einen sogenannten Rubin gibt, den wir zur Kommunikation von unseren ‚Auftraggebern' bekommen haben. Ich erinnerte mich an die Obrigkeit, aber von einem Rubin hatte ich noch nie etwas gehört.
„Es ist ein wirklich wertvoller Gegenstand für uns, er darf auf keinen Fall beschädigt werden", belehrte mich Piper, „er ist im Durchmesser etwa so groß wie eine ausgebreitete Hand und ich kann nicht einmal genau sagen, ob es überhaupt ein Rubin ist. Gillian hat uns nie genau verraten, wie sie ihn erhalten hat. Möglich, dass es sich gar nicht um ein Material aus dieser Welt handelt…"
Ich überlegte, an welche Welt sie wohl dachte, aber sie ließ mich die Frage nicht aussprechen.
„Für uns ist es jedenfalls ein Rubin. Und ein Mittel zum Kontakt mit dem Orakel."
Damit meinte sie wohl Destiny, unsere Auftraggeberin, denn, um genau zu sein, habe ich bisher mit keinem anderen Mitglied der Obrigkeit gesprochen.
Zumindest nicht in diesem Leben.
Piper hatte den Stein natürlich in der Eile vergessen, aber das kann ihr niemand übel nehmen, wer denkt schon in so einer Situation daran, was später ist?
Mittlerweile war es schon fast vier Uhr und so langsam ließ sich die Sonne am Horizont erahnen. Ich überlegte, was mein Vater wohl sagt, wenn er mich nachher wecken will und nicht in meinem Bett vorfindet. Aber ich verdrängte den Gedanken im nächsten Moment.
Das war jetzt nicht wichtig.
Auf der Shore Ranch angekommen, schloss Piper leise die Haustür auf. Noch bevor sie drinnen war, machte sie sich unsichtbar, um kein Aufsehen zu erregen.
Man kann nicht darauf vertrauen, dass so früh noch keiner auf den Beinen ist, und hätte man sie erwischt, wäre sie mit

Sicherheit gefragt worden, warum sie erst jetzt von der Party zurückkommt.
Mit unseren Fähigkeiten können wir einer Menge Ärger entgehen.
Andererseits tut es mir aber auch manchmal ein bisschen leid, dass ich meine Visionen nicht auf Kommando abrufen kann. Es wäre viel nützlicher, in die Zukunft sehen zu können, wann immer man will.
Und zu sehen, was man will. Mich würde so viel interessieren, aber ich kann nicht in Erfahrung bringen, wie mein Leben weitergeht.
Doch vielleicht ist das auch ganz gut so.
Obwohl es schon spannend wäre…
Als wir mit dem Stein wieder bei den anderen auf der Davis Ranch ankommen, lassen wir uns sofort auf dem Heuboden nieder. Hier haben wir unsere geheime Stelle, wo wir uns manchmal zusammensetzen. Nur als Freunde, nicht als Einhornkrieger. Und auch meist nicht vollzählig, Brendan kommt sehr selten auf die Ranch. Ich glaube, er ist lieber ein bisschen allein, aber zugegebenermaßen weiß ich nicht sehr viel über ihn. Meiner Meinung nach verschließt er sich einfach zu sehr.
Piper setzt sich zu uns auf den Fußboden und zaubert den magischen Gegenstand in einem Tuch hervor.
„Was tun wir denn jetzt?“, fragt Brendan überrascht.
„Daran solltest du dich eigentlich noch erinnern.“
Robin sieht nicht halb so neugierig aus wie er. Andy scheint fast ein bisschen besorgt.
„Ich kann’s mir beinahe denken“, sagt er und betrachtet den Rubin aufmerksam.
Pipers gesamte Konzentration gilt dem Stein. Sie murmelt eine seltsame Formel, die ich noch nie vorher gehört habe.
„Tal maro io laka.“
Andy erklärt Brendan währenddessen in Kurzform, was wir hier eigentlich machen.

Alle sehen gespannt auf den Rubin. Und nach einigen langen Sekunden, in denen ich unwillkürlich die Luft anhalte, und Piper die Worte aufsagt, verändert sich etwas darin.
Die rote Färbung weicht einem strahlenden Licht, was die Morgendämmerung draußen nur wie ein mattes Glimmen erscheinen lässt.
Ich starre erwartungsvoll den Stein an und versuche, in dem Flimmern etwas zu erkennen, aber es dauert einen Moment.
Das Bild erinnert mich an den Empfang auf einem Fernseher bei Regen. Zum Glück regnet es hier nicht oft, aber meine Schwester in Seattle hat einen Fernseher, der mich immer wahnsinnig macht, wenn draußen schlechtes Wetter ist! Eigentlich soll ich bei Gewitter überhaupt nicht fernsehen, aber da kommen meistens die besten Filme! Ich bin dann immer wahnsinnig sauer auf alle Kinder der Stadt, die ihr Mittagessen nicht aufgegessen haben.
In dem Rubin verbessert sich der Empfang.
Schwach wird das Bild einer Frau sichtbar und ich denke nicht länger über schlechtes Wetter und Mittagessen nach.
Die Person in dem Stein ist Destiny. Oder unser Orakel, wie Piper sagen würde, denn eigentlich ist es ganz gleich, wie wir sie nennen.
Sie hat unzählige Namen und doch im Grunde keinen. Für mich ist sie ein vollkommen unbegreifliches Wesen, ein Engel, der sich an einem Ort aufhält, den wir uns ebenso wenig vorstellen können. Es muss wohl der Himmel sein, wenn es ihn gibt, denn ich kann mich nicht an ihn erinnern.
Obwohl wir alle schon dort waren, da wir auch Engel sind, die in anderen Körpern wiedergeboren wurden und den ewigen Auftrag haben, die Einhörner zu beschützen.
Doch man muss sagen, dass sich die Einhörner auch ganz gut selbst verteidigen können.
Aber eben nicht gegen Gillian und Joice.
Vor allem nicht gegen Joice!
Destiny, das Orakel, schickte uns deshalb hierher und steht uns zur Seite, wenn wir sie um Hilfe bitten.

Sie sieht genauso aus, wie man sich einen klassischen Engel vorstellt, ich halte sie sogar für die Grundlage dieses Bildes.
Ihr Haar ist lang, wellig und sehr hell und das Gesicht wunderschön. Sehr ebenmäßig und rein. Ihre Haut ist blass wie ihr Gewand, das so weiß ist, dass es fast schwarz wirkt, wenn man lange hinsieht.
Ihre Erscheinung erinnert mich immer ein wenig an Gillian. Sie hat dasselbe engelhafte Aussehen. Was allerdings einen ironischen Gegensatz zu ihrem Wesen bildet.
Destiny sieht, wie sie, sehr jung aus.
Ist es aber nicht.
Wahrscheinlich ist sie älter, als alles, was ich kenne und wovon ich gehört habe. Sie ist das Schicksal. Auch einer ihrer Namen, der mit Destiny gleichzusetzen ist. Ich habe nie verstanden, warum die Menschen sie so nannten. Sie hat auf jeden Fall nicht die Macht, willkürlich zu entscheiden, was geschehen wird.
Vielleicht kann ich deswegen nicht unbegrenzt in die Zukunft sehen…
Das Orakel sieht uns auf eine sehr verschlüsselte Art an, ihr Blick ist ernst und freundlich zur selben Zeit und sie nickt wissend, als hätte sie bereits darauf gewartet, dass wir sie endlich um Hilfe bitten. Wahrscheinlich hat sie das auch.
Sie war für mich von Anfang an sehr schwer zu verstehen. Sie war uns immer in allem voraus, aber trotzdem auf irgendeine Weise auch menschlich.
Sie bereitet uns genau darauf vor, was kommen wird, und mit jeder Niederlage hat sie schon im Voraus gerechnet.
Woher weiß sie das nur? Sind wir es, die das Schicksal so fügen, wie es sein muss?
Wahrscheinlich können wir nicht mehr tun, als es herauszufinden.
„Ich weiß, was ihr wollt“, sagt Destiny in einem ruhigen Tonfall und Piper nimmt das Gespräch mit ihr auf.

„Die Vampire sind zu einer Bedrohung für die Einhörner geworden", informiert sie und das Orakel nickt wiederum.
„Wir müssen wissen, was sie planen und mit wem wir es zu tun haben."
Sie erwähnt auch die Vampirkönigin und spricht von Annikki, die wir aufsuchen sollen.
„Ich werde euch eine Geschichte erzählen, die sich vor vielen tausend Jahren zugetragen hat", spricht Destiny und macht eine Pause, als würde sie sehr weit ausholen.
„Ihr müsst wissen, dass es außer der Menschenwelt, die ihr Realität nennt, auch noch andere Welten gibt, die parallel zu ihr liegen oder sich an anderen Orten befinden. Das überirdische und unterirdische Reich sind in den meisten religiösen Vorstellungen zu Himmel und Hölle geworden, und in der Tat kehren menschliche Seelen nach dem Tode dorthin zurück, denn von da kommen sie auch.
Das mittlere Reich liegt auf derselben Ebene wie das reale und besteht aus den Ewigen Welten. Diese setzen sich aus einer nördlichen, südlichen, östlichen und westlichen Welt zusammen.
Doch sie alle grenzen sich ab von dem sogenannten ‚Äußeren Reich', der Realität, ein Reich am Rande und doch inmitten der Ewigen Welten.
Dort leben heute die Menschen, weit weg von allen äußeren Einflüssen, und verkrochen in der ‚Wirklichkeit'.
Als dieses Reich noch sehr jung war und die Menschen noch nicht existierten, bestanden noch unzählige Verbindungen in die Ewigen Welten.
Trotzdem konnten sie auch in späteren Zeiten ohne weiteres in diese Parallelwelt reisen und die Fabelwesen und Märchengestalten von dort kamen zu ihnen.
Weil man daran glaubte.
Die Menschen lebten friedlich mit Hexen, Drachen und Riesen.
Bevor diese zu Märchen wurden.

So entstanden sie und all die Sagen und Geschichten schließlich oder glaubt ihr, sie sind frei erfunden?
Die Menschen nahmen mit der Zeit schlechte Eigenschaften an und wurden zu dem, was sie heute sind: skeptisch, nüchtern, ungläubig und ‚vernünftig'.
Sie glaubten nicht mehr an Zauberer, Sphinxen oder Zentauren und rotteten sie damit aus.
Sie trieben sie dahin, wo sie hergekommen waren, und die, die sie nicht vertreiben konnten, brachten sie um. Es starben damals viele Hexen und Magier, Vampire und Werwölfe.
Das ist der Grund, weshalb sie so zornig auf die Menschen sind. Und sie endlich beherrschen wollen.
Aber es kamen auch viele Unschuldige ums Leben.
Und das ist noch trauriger an dieser Geschichte. Die Menschen machen nicht einmal Halt vor Ihresgleichen."
Sie schüttelt den Kopf und sieht uns an, als könnte sie nicht glauben, dass die Menschen zu so etwas fähig sind.
Ich frage mich, woher sie diese Eigenschaften haben. Sie müssen doch irgendwo herkommen…
„Wenn Kinder geboren werden, kennen sie die Wege in die ewigen Welten, aber oftmals vergessen sie mit dem Erwachsenwerden, wo sie sind.
Deshalb verlieren die Menschen ihre Einhörner.
Und ich schickte euch sechs, damit ihr sie in der Realität bewahrt. Die Träume."
Wir schweigen alle und sehen sie erstaunt an. Ich dachte nicht, dass die Geschichte dieser Welt – die der Menschen und der Vampire – so tragisch ist. Ich dachte, man hätte Hexen oder Werwölfe im Mittelalter aus Aberglaube verbrannt.
Natürlich ist das genauso schlimm und grausam.
Aber berechtigter, wenn die Vermutungen stimmten?
Doch Vampire haben in unserer Welt nichts verloren. Sollen sie doch einfach da bleiben, wo sie sind. Sie fügen uns Schaden zu und bringen den Tod über die Menschen, nur um selbst zu überleben.

Wie Parasiten.
Ich bemühe mich, in den Gesichtern der anderen zu lesen, ob sie ähnlich denken, aber sie verraten mir nichts.
Andy fragt Destiny, was genau es mit den Einhörnern auf sich hat, und sie lässt die Frage zu, obwohl sie nicht gern von uns unterbrochen wird.
„Als ich den Menschen die Träume schenkte, gab ich ihnen Gestalt in den Einhörnern. Wo immer sie auftauchten, bereicherten sie Kunst und Kreativität. Sie waren erst Wunder, dann Mythos und schließlich wurden auch sie nur noch in die Fantasie verdrängt.
Nun sind sie Lügen.
Genau wie alles andere.
Zeigt mir nur einen Menschen, der einmal ein Einhorn sah. Ihr werdet kaum einen finden."
Sie klingt sehr traurig, als sie sagt:
„Sie erkennen sie nicht mehr."
Dann sieht sie uns ernst an.
„Doch ihr könnt es, denn ihr seid keine einfachen Menschen. Ihr spürt den Zauber, der von diesen sagenhaften Wesen ausgeht.
Er befängt nicht nur euch.
Wenn ihr tief in euer Innerstes hört, könnt ihr sie erkennen und von anderen Pferden unterscheiden.
In den Ewigen Welten ist es nicht schwer. Doch die Bewohner der Menschenwelt denken anders. Niemand wird eure Pferde als Einhörner enttarnen. Niemand, der nicht fest daran glaubt.
Ihr Horn ist in der Wirklichkeit unsichtbar. Es lässt sich nur mit dem Gefühl erkennen. Ihr könnt es sehen, wenn ihr auf euer Herz hört und konzentriert in euer Innerstes lauscht.
So trainiert ihr euch das zweite Gesicht an. Ihr braucht es, denn ihr habt Discern nicht mehr.
Am Anfang ist es anstrengend, die Botschaften aus der Parallelwelt zu empfangen, doch wenn ihr dort seid, berei-

tet es euch keine Mühe mehr, das Horn der Einhörner zu sehen.“
Warum?
Ich beiße mir auf die Zunge und ermahne mich in Gedanken.
Du wirst es erfahren, wenn es an der Zeit ist, Dina!
„Hört auf meine Worte, denn sie werden euren Auftrag erleichtern. Aber einfach wird es trotzdem nicht.
Die Einhörner sind der Schlüssel zur Kontrolle über die Menschen. Und ihr fünf seid dazu bestimmt, sie vor allen Bedrohungen zu verteidigen. Auch Wisdom und Discern waren das, aber ihr wisst, dass sie euch verraten haben.“
Sie spricht von Gillian und Sophy, aber sie nennt uns immer beim Seelennamen. Dem Namen, den wir niemals ablegen, egal, in welchem Körper wir wiedergeboren werden. Und den nicht unsere Eltern verschuldet haben.
„Was sind diese Bedrohungen?“, will Brendan wissen, der das alles, wie ich, nicht sofort verstehen kann.
„Immer schon gab es Wesen, die den Menschen überlegen waren. Sie kamen ursprünglich nur aus dem überirdischen Reich und brachten Nutzen für die Welt.
Ich zähle zu ihnen, aber auch Gaia, die Tiere und Pflanzen schuf. Die Menschen haben ihre eigenen Götter, ihr kennt sie ja, sie heißen überall anders.
Mit dem Aufkommen des Bösen auf unserer friedlichen Erde begann auch die Unterwelt, sich zu regen und brachte scheußliche Kreaturen hervor.
So entstanden Traketa, Zangas, Avazaro und Lilith. Meine Kinder, denn ich lehrte sie, den Wesen hier Glauben zu schenken – nicht nur den Menschen.
Ich hoffte, sie bekehren zu können.
Aber vergebens.
Sie machten sich die Feinde der Menschen zu Anhängern und sagten sich von mir los. Deshalb konnte keine gemeinsame ausgeglichene Herrschaft entstehen und die vier wurden zu Erzfeinden.

Ihre Anhänger gingen als die Vier Völker auseinander."
„Aber wer sind sie?", frage ich voreilig und vergesse, dass ich eigentlich zuhören soll.
Das Orakel seufzt.
„Ich habe gewusst, dass ihr das fragen würdet. Nun, es ist nicht ganz einfach zu erklären. Ich sage euch nur, *was* sie sind, nicht aber, *wer*. Das werdet ihr früh genug herausfinden.
Zangas und Traketa sind sich wohl noch am ähnlichsten, sie beherrschen beide die schwarze Magie.
Traketa ist eine mächtige Hexe, die durchaus nicht davor zurückschreckt, auch die Naturgewalten für ihre Zwecke zu missbrauchen. Zangas ist ein dunkler Zauberer, der seine eigenen Methoden hat und grundsätzlich gegen andere handelt. Trotzdem hat auch er seine Anhänger.
Avazaro seid ihr ja bereits begegnet, auch wenn ich ihn euch unter dem Namen Avazaro Truce vorstellte. Er nannte sich einst so, als er vorgab, die Vier Völker vereinen zu wollen. Es heißt Waffenstillstand.
Aber stellt mir bitte keine Fragen über ihn, es schmerzt, wenn ich daran denke, was aus ihm geworden ist. Ein furchtbarer Dämon, der sich in heiligen Mauern verbirgt und als flammendes Geschöpf von Vampiren anbeten lässt! Und der dann in einem Ritual erscheint und mir gegenübersteht, um mir die Herrschaft über die Fantasie zu entreißen. Doch er ist nicht mächtig genug. Jetzt könnt ihr ihn ohne weiteres allein in die Flucht schlagen, um ihn brauchen wir uns die geringsten Sorgen zu machen."
Sie sieht uns wehmütig, beinahe gedankenverloren an.
„Anders ist es da mit der Königin, nach der ihr fragt."
Auf ihrer Stirn bilden sich Falten.
„Lilith ist ein ernsthaftes Problem. Sie war der erste Vampir auf der Welt und inzwischen hat sie für reichlich Nachkommen gesorgt. In der Regel verehren diese sie aufs Höchste. Aber ihr Aufenthaltsort ist mir nicht bekannt und

sie wird dafür sorgen, dass das so bleibt. Natürlich hat auch sie es auf die Einhörner abgesehen.
Aber wenn sie von der Welt verschwinden, werden Milliarden Menschen ihre Träume verlieren. Oder manipuliert werden. Und deshalb müsst ihr sie beschützen. Ihr seid die einzige Hoffnung für die Menschheit.
Auch wenn die es nicht weiß. Aber ihr habt alle Träume. Verwirklicht sie!
Ihr mögt mich vielleicht Destiny nennen, doch die Wahrheit ist, dass ich über euer Schicksal keinerlei Macht habe."
Wie beruhigend.
„Was sind schon Namen. Allein die Menschen gaben mir hunderte.
Aber es wird nun Zeit, dass ihr euch auf den Weg macht", sagt sie würdevoll und wir alle sehen sie mit ernsten Gesichtern an.
„Sucht Annikki auf und beschließt, was zu tun ist! Ihr könnt mich jederzeit um Rat fragen, wenn ihr ihn braucht, aber vergesst niemals: Ich bin die Göttin der Fantasie und habe euch auf diese Welt hinuntergeschickt, doch handeln müsst ihr allein.
Ihr seid ausgewählt worden, um den größten Schatz zu wahren, den die Menschheit besitzt."
Dann verblasst das Bild in unserer Mitte. Sie hat uns mitgeteilt, was sie konnte.
Den Rest werden wir selbst herausfinden müssen.

X
Gillian

Joice liegt rücklings auf dem Bett und lacht sich scheckig.
„Hast du sie gesehen?", fragt er, kopfüber zu mir aufsehend und ohne ernsthaft eine Antwort zu erwarten.
Ich kann darüber nicht lachen.
„Was ist daran lustig? Sie hätten uns beinahe kriegen können!"

„Nie!“
Er rollt sich auf den Bauch, schüttelt den Kopf und sieht mich beinahe wahnsinnig an. In seinen eisblauen Augen blitzt der Schalk.
Er scheint wirklich einen Riesenspaß zu haben.
„Niemals. Sie hätten es nie schaffen können, uns einzuholen. Dazu sind wir viel zu clever.“
Er dreht sich wieder auf den Rücken, um einem erneuten Lachanfall Luft zu machen.
So langsam komme ich mir wirklich albern vor.
„Weißt du eigentlich, wie du dich aufführst?“
Er setzt sich in einer Sekunde auf und packt mich am Arm. Obwohl ich einen Meter neben dem Bett stand.
Ich reiße mich los und sehe ihn von oben herab an.
„Was soll das?“, frage ich empört.
Er funkelt mich genauso zornig an wie ich ihn.
„Ich lache, wann ich will! Nur, wann ich will. Und solange ich will. Das verbietet mir keiner, auch du nicht!“
Ich wende mich ab und gehe zum Fenster.
Versuche, an nichts zu denken, denn mir ist klar, dass er es wissen wird. Aber er hat mich wirklich beleidigt.
Hinter mir lässt sich Joice wieder aufs Bett fallen.
„Sie haben so hilflos dagestanden und so dumm aus der Wäsche gesehen! Sie haben wirklich geglaubt, dass sie uns erwischen!“
Aber sie haben uns erkannt. Das steht fest.
Ich sehe aus dem Fenster. Direkt in den Klostergarten, der – erblüht unter der Frühjahrssonne – nun schon wieder vor sich hinzutrocknen beginnt.
Ich befinde mich in einem der separaten Räume im Hauptgebäude der Anlage, die schon vor einem halben Jahrhundert eigens für Vampire angelegt wurden.
Wir haben hier schon einmal gewohnt, in diesem Zimmer. Das ist etwas her und auch nicht weiter von Bedeutung. Aber jetzt wiederholt sich die Szene, wir sind von neuem eingezogen.

Und wir werden eine Weile hier bleiben.
So lange, bis Joice es für nötig befindet, den Weg zur Herrscherin anzutreten.
Ich kenne ihn nicht und kann daher nichts tun, als auf ihn zu warten.
Vielleicht will er mich hinhalten, vielleicht will er den Kriegern eine Chance geben, uns zu vernichten, vielleicht kennt er den Weg selbst nicht…
Ich will nicht an ihm zweifeln, aber er lässt mich im Ungewissen. Es ist mir keinesfalls recht, so lang zu warten.
Aber die anderen Vampire, die Avazaro abgeschworen oder ihn nie verehrt haben, folgen uns blind oder gedulden sich, wenn wir es wollen. Joice erhob sich und mich mit Leichtigkeit in die Führungsposition unseres kleinen Clans.
Er trieb sie zusammen, nachdem die große Gruppe aufgesplittert worden war. Er brachte sie dazu, sich uns anzuschließen, uns zurück ins Kloster zu folgen und die Einhörner zu bewachen.
Und er ließ sie feiern, wenn ihnen danach war.
Denn Vampire feiern gern und viel. Und meistens grundlos.
Jetzt sind sie in den verkohlten Überresten der Klosterkirche, schlachten irgendwelche Tiere und amüsieren sich dabei prächtig.
Und ich bin allein mit Joice in diesem Zimmer, das wir zum zweiten Mal bewohnen, und denke über unser weiteres Vorhaben nach.
Widerwillig wende ich mich diesmal als erstes an ihn.
„Was wird sie uns geben?“
Und ich meine Lilith.
„Alles.“
Mit einem Mal durchzuckt mich ein schmerzlicher Gedanke, der mir vorher nie gekommen ist. Ich drehe mich um und sehe Joice direkt in die Augen. In die undurchschaubaren eisblauen Augen.
„Liebst du mich?“

Seine Augen funkeln mich an und er lässt sich mit der Antwort viel Zeit.
„Das solltest du nicht fragen.“

XI
Act

Bei Sonnenaufgang machen wir die Pferde fertig und bringen den Stall in Ordnung. Piper hat sich auf eine Boxenwand gesetzt und schreibt auf, was wir für unsere Reise benötigen werden. Wir streuen die Boxen der Pferde frisch ein, während wir überlegen.
„Messer, Taschenlampen, Wasserflaschen, Seil, Brötchen, Kompass, Karte…“, liest Piper vor.
„Du hast die Karte vom Wald noch?“, fragt Andy verwundert.
Dina unterbricht ihre Kehraktion und stützt sich auf ihren Besen. Sie sieht Piper fragend an.
„Oh ja, Sophy hinterließ sie uns freiwillig. Ihr Verschwinden war ja so plötzlich, dass ihr keine Gelegenheit blieb, die Karte mitzunehmen“, erklärt Piper, „ich hatte eigentlich nicht geglaubt, dass wir sie noch einmal benötigen, aber aufgehoben habe ich sie trotzdem.“
Sie schreibt weiter und fügt dann hinzu:
„Ich kann allerdings nicht sehr viel damit anfangen, sie ist voll von komischen Zeichen und einer seltsamen Schrift.“
„Vielleicht hilft uns Annikki“, sagt Brendan nachdenklich. Wahrscheinlich zweifelt er immer noch daran, dass sich hinter diesem Backenhörnchen ein intelligentes Wesen verbirgt.
„Was brauchen wir noch?“, fragt Piper und die anderen denken weiter nach.
„Ich bin ziemlich gespannt, was uns da im Wald erwartet“, gebe ich zu, „und ich glaube, ich freue mich fast darauf.“
Piper sieht mich entgeistert an. Ich grinse, weil ihr fast die Augen rausfallen.

„Robin, du bist doch komplett durchgeknallt“, stellt sie fest und schüttelt den Kopf.
„Ich kann’s nicht glauben!“
Ich danke ihr für das Kompliment, Andy schmunzelt, während Dina ein bisschen besorgt aussieht.
„Denk doch mal an die menschenfressenden Monster, die blutrünstigen Vampire und Werwölfe, die Hexenhütten oder die Hände im Moor, die dich plötzlich am Bein packen und runterziehen. Alle haben es auf uns abgesehen. Das ist doch eigentlich eine wahnsinnige Herausforderung, oder nicht?“
„So langsam machst du mir Angst.“
Die entsetzte Miene weicht nicht von Pipers Gesicht.
„Wir sollten versuchen, wenigstens etwas Positives an unserer Mission zu sehen, schließlich haben wir keine Wahl“, äußert sich Dina sarkastisch, aber eine Spur glaubt sie trotzdem an ihre Aussage.
„Doch, die haben wir“, meint Piper bestimmt.
„Wir könnten uns jederzeit dafür entscheiden, die Einhörner im Stich zu lassen und den Wald mit all seinen Bedrohungen zu meiden. Aber wir haben beschlossen, unseren Auftrag zu erfüllen.“
„Haben wir das?“, fragt Brendan, dem die ganze Sache sowieso nicht gefällt.
„Natürlich haben wir das! Und wir sind uns einig oder willst du dich uns nicht anschließen?“, fragt sie mit Nachdruck und Brendan bereut augenblicklich, den Mund aufgemacht zu haben.
„Also muss es wohl etwas Gutes daran geben, denn sonst würden wir es ja nicht machen“, kombiniert Dina ganz logisch.
„Du kleiner Blitzmerker, du.“
Ich kneife sie in die Wange und habe nichts Vernünftiges mehr zu dieser Diskussion beizutragen. Dina zieht eine Grimasse.

„Wir dürfen das Orakel nicht enttäuschen“, ermahnt uns Piper, „und Annikki.“
„Annikki? Das Backenhörnchen? Wer weiß, ob die uns überhaupt helfen kann…“, gibt Dina zu bedenken und wendet sich dann erneut an Piper:
„Wir könnten noch Schlafsäcke gebrauchen!“
Brendan erinnert sie an den Rubin.
„Das wird zu viel“, bemerkt Andy, „wie sollen wir den ganzen Kram denn transportieren?“
„Wir wissen nicht einmal, wie viele Tage wir unterwegs sind“, füge ich hinzu.
Piper verzieht den Mund.
„Das kann ich euch doch auch nicht sagen.“
„Hat dir das dein Meerschwein denn nicht verraten?“, stichelt Brendan und riskiert einen strafenden Blick.
„An deiner Stelle würde ich da vorsichtig sein, Annikki ist vielleicht mächtiger als du denkst“, warnt ihn Piper.
„Vielleicht aber auch nicht“, gibt Brendan zurück und stellt ihre Glaubwürdigkeit damit wieder einmal infrage, was Piper gar nicht gefällt.
„Mit Sicherheit ist sie mächtiger als du, oder verwandelst du dich auch gelegentlich in ein Meerschwein?“
Er grinst frech.
„Ab und zu schon.“

Wir haben unseren Familien erzählt, dass wir einen Wanderritt unternehmen wollen. Mitten in der Prärie zwar und rein aus einer spontanen Idee heraus, aber trotzdem sehr gut durchdacht.
Wir versprachen, Handy und genug zu Essen mitzunehmen und bald wiederzukommen, denn wir konnten unseren Eltern kaum mitteilen, wann das genau sein würde.
Es gab keine Probleme bei Brendans und Dinas Familie und auch unser Vater willigte schon nach kurzer Zeit ein. Wir hatten schon lange über einen ähnlichen Plan geredet und er wird uns auf der Ranch erst mal nicht brauchen. Die nächs-

ten Tage fährt er auf den Pferdemarkt nach Amarillo zur Versteigerung der Fohlen und es begleiten ihn noch ein paar andere Leute.
Ich bin mir sicher, er kommt ohne uns zurecht. Und ein paar von den Pferden nehmen wir ja auch mit.
Zu Piper sagte ihre Mutter, dass sie sich mit der Schnapsidee, einen tagelangen Ausritt quer durch die Prärie zu machen, nicht richtig anfreunden könne.
Wir konnten sie zwar mit vereinten Kräften davon überzeugen, dass das ein sehr schöner Vorschlag ist, doch trotzdem hatte sie noch Zweifel. Sie konnte sich einfach nicht vorstellen, dass es funktioniert.
Dann kam Danny plötzlich dazu und sagte bestimmt:
„Lass sie ruhig gehen!“
Ich bin mir sicher, er wollte Piper nur loswerden. Es behagt ihm nämlich gar nicht, dass Julia eine Tochter hat, und er schiebt Piper ab, wo immer sich eine Gelegenheit ergibt. Es sei denn, sie will die Nacht bei ihrem Freund verbringen und bezieht Danny in ihre Entscheidung nicht mit ein.
Und dafür hasst sie ihn. Wie sie ihn für alles hasst, was er sagt oder tut. Obwohl es ihr diesmal zugute kam.
Danny argumentierte damit, dass es ein Abenteuer sei, was sie plant, dass es wichtig ist, gerade ‚Kinder in ihrem Alter’ auch mal loszulassen – immerhin ist sie vierzehn!
Außerdem sollte Julia einfach mal Vertrauen in ihre Tochter haben.
Und schließlich gab sie ihm Recht. Sie ist immer noch der festen Überzeugung, dass Danny nur das Beste für Piper will, und streitet sich deswegen zweimal wöchentlich mit ihrer Tochter.
Manchmal kann Piper einem echt Leid tun. Bei ihr zu Hause versteht sie wirklich niemand.
Aber sie hat ja zum Glück uns.
Gott sei Dank sind wir so tolle Freunde!
Wir trennen uns für eine Stunde, in der wir unsere Sachen packen. Wir wickeln Brot und das Orakel ein, kontrollieren

Taschenmesser, Wasserflaschen und Lampen, suchen Kompass, Seil und Karte zusammen, rollen Schlafsäcke ein und ziehen uns reit- und waldgemäße Kleidung an.
Dann treffen wir uns wieder auf der Shore Ranch, um den ganzen Krempel zu verstauen.
Andy und ich trudeln als erstes ein und empfangen Brendan auf dem Hof, noch bevor Piper aus dem Haus kommt.
„Hey, ihr seid ja alle schon da! Aber wo ist denn Dina schon wieder?"
Piper dreht mit den Augen. Sie begrüßt mich und Destino flüchtig und geht dann zu Andy.
„Die kommt zu spät, wie immer", antwortet er, „wahrscheinlich hat sie noch eine höchst wichtige Angelegenheit zu erledigen."
Er gibt Piper einen Kuss und bedeutet ihr damit, dass sie sich lieber nicht aufregen soll. So langsam müsste man sich wirklich daran gewöhnt haben.
„Ich hab euch übrigens noch jemanden mitgebracht", meldet sich Brendan zu Wort und lenkt so die Aufmerksamkeit auf Cheyenne.
„Ich dachte, wir könnten ein Packpferd gebrauchen. Meine Eltern können sie leicht entbehren und sie hängt doch so an Justo!"
Piper grinst.
„Keine schlechte Idee. Ich hol dann schon mal mein Zeug."
Sie verschwindet im Haus.
Es vergehen ein paar Minuten, in denen ich mich mit Andy über sein neues Pferd Esmeralda und den Stall der Shore Ranch unterhalte.
Ich sage gerade:
„Ziemlich heruntergekommen", und deute auf das Dach, als Danny in der Tür steht.
„Viel Spaß bei eurem kleinen Trip. Und passt mir gut auf mein Kind auf!"
Er redet sehr langsam, damit wir ihn auch verstehen, und geht dann schnurstracks an uns vorbei auf den Stall zu. Ich

könnte schon wieder aus der Haut fahren, aber mein Bruder ermahnt mich mit einem strengen Blick.
Danny dreht sich auf halbem Wege noch einmal um und meint:
„Wisst ihr, wenn unser Stall so heruntergekommen aussieht, könntet ihr eigentlich mal vorbeikommen und ihn auf Vordermann bringen, was haltet ihr davon?“
Er geht weiter, ohne eine Antwort abzuwarten.
Sicherlich hat er uns vom Fenster aus beobachtet. Auch, wie Piper glücklich in Andys Armen lag. Und wahrscheinlich gefällt ihm das genauso wenig, wie der Umstand, dass sie mit ihm zusammen ist. Danny kann nicht nur Piper nicht leiden, sondern auch ihre Freunde. Und ihr Glück.
Andy und mich hasst er ganz besonders. Selbst, wenn wir ihn grüßen, wechselt er nie ein Wort mit uns, und auf der Ranch taucht er nur auf, wenn andere dabei sind. Seine Freunde kann man sie wohl nicht nennen, denn wahrscheinlich hat er keine.
Es gibt nur wenige Leute, die so drauf sind wie Danny.
Ich habe große Lust, ihm meine Meinung zu sagen, wenn es sein muss, auch unter Zuhilfenahme körperlicher Signale, aber Andy gelingt es auch ein zweites Mal mit einem Kopfschütteln, mich Dannys Bemerkung ganz diskret ignorieren zu lassen.
„Ich bin stolz auf dich“, sagt Piper zu mir, die hinter mir steht und Danny stirnrunzelnd nachsieht.
„Du konntest dich beherrschen, das hatte ich nicht erwartet.“
„Claro que sí“, sage ich und ringe mir ein Grinsen ab.
Das ist zurzeit meine Lieblingsredewendung. Es heißt so viel wie ‚natürlich’.
„Ist doch Ehrensache.“
Aber es fiel mir wirklich schwer. Ich bin ein bisschen leichter reizbar, als mein kleiner Bruder und neige zugegebenermaßen zu Temperamentsausbrüchen. Ich habe mich

mehr als einmal mit Danny angelegt und es eigentlich auch längst aufgegeben, ihn zu grüßen.
„Natürlich. Ich vergaß", meint Piper und klopft mir auf die Schulter.
Sie ist einfach nur süß.
Manchmal ist sie wirklich richtig süß, eigentlich fast immer, aber sie ist nun mal die Freundin meines Bruders und, ¡Dios mío!, es hat eben nicht sollen sein. Und ich gönne es Andy wirklich, er hat sie verdient.
Und sie ihn auch.
Er hilft ihr, die Sachen auf Lunas Rücken zu packen, die wir vorsorglich mitgebracht haben, danach beladen wir das Pony, während Brendan nach Dina Ausschau hält.
Manchmal glaube ich wirklich, sie lebt in einer anderen Zeitzone.
Als sie mit Fortuna angeritten kommt, bin ich fast etwas erstaunt, weil sie sich nur zehn Minuten verspätet.
„Hallihallo", flötet sie fröhlich und strahlt uns an.
„Was ist denn mit dir los?", fragt Brendan. „Hast du im Lotto gewonnen?"
„Das wäre nicht schlecht, aber ich bin mir sicher, davon wüsste ich."
„Du freust dich wohl auch so sehr wie Robin, dass wir endlich wieder mal den Wolfswald von innen zu Gesicht bekommen!", meint Piper und schielt dabei zu mir.
„Naja, so würde ich es nicht sagen, aber ich habe irgendwie gute Laune."
„Im Ernst?"
„Ich habe nachgedacht…"
„Wie jetzt?"
Ich kann mir meinen Kommentar wieder mal nicht verkneifen.
Ich bin so fies, ich sollte mich schämen. Sie kann doch auch nichts dafür.
„Haha."

Dina zeigt begeisterte Reaktion auf meine Sticheleien. Sie hat es verdient, dass ich fies zu ihr bin.
„Ich habe nachgedacht über unseren Auftrag und warum gerade wir für diese Mission ausgesucht wurden."
„Das habe ich auch schon mal überlegt", erzählt Piper.
Ich habe beschlossen, Dina in Ruhe zu lassen. Wahrscheinlich offenbart sie gerade ihre neuste Lebensphilosophie.
„Es ist eine verantwortungsvolle Aufgabe und ziemlich abenteuerlich. Aber wir verstehen uns, es könnte kaum besser sein. Und immerhin haben wir ja die Einhörner! Sie geben uns so viel, Piper."
Sie spricht jetzt nur noch mit ihr, weil wir das Interesse an ihrer Rede verloren haben. Andy, Brendan und ich wissen, was uns bevorsteht, und wir nehmen es hin wie es ist.
„Kraft, … Hoffnung, … Fantasie, … Liebe", zählt Dina auf, „wir sollten dieses Geschenk dankbar annehmen und uns mit der Aufgabe abfinden, die uns anvertraut wurde. Oder was meinst du?"
Also ich meine, sie hat heute ihren poetischen Tag!
„Ja, du hast sicher Recht."
„Wir sind die Krieger des Horns. Gerade wir! Wir werden uns in den Wald begeben und nach den vermissten Einhörnern suchen!"
„Und wir werden sie auch finden", sagt Piper entschlossen und erntet die Anerkennung von uns allen.
Ich glaube, sie ist auf dem besten Weg, über ihren Schatten zu springen.
Sie lächelt.

XII
Shadow

Unmittelbar nachdem ich neuen Mut geschöpft habe, brechen wir auf. Wir tun das ja wirklich freiwillig, es stimmt schon. Aber jemand muss die Einhörner schließlich schützen. Und ich glaube kaum, dass sich Danny dazu bereit

erklären würde. Ich bin mir ziemlich sicher, hätte er meine Mutter überredet, mich nicht gehen zu lassen, wäre ich trotzdem gegangen.
Dann erst recht.
Schließlich sieht mich niemand, wenn ich es nicht will. Deswegen trage ich diesen Namen – Shadow.
Wir haben alle fünf unseren Seelennamen wieder angenommen. Den Namen, den wir immer behalten, egal, in welchem Körper wir wiedergeboren werden. Weil wir die Unicorn Fighter sind.
Jeder Name steht indirekt für eine unserer Fähigkeiten. Brendan heißt Eternity, Dina View und Robin Act. Andy wird Stride genannt, denn es ist ihm möglich, ohne weiteres durch Wände zu schreiten.
Und ich kann mich unsichtbar machen. Wie ein Schatten bewegen, deswegen Shadow.
Ich hätte mich schon irgendwie rausgeschmuggelt, wäre mir Danny in die Quere gekommen. Schließlich kann ich meine Freunde nicht allein lassen. Bei einer Mission wie dieser!
Und Danny ist wirklich schrecklich. Ich genieße es jedes Mal, seinen Gesichtsausdruck zu sehen, wenn ich mich ihm gegenüber durchgesetzt habe. Er mag weder Robin, noch Brendan, noch Dina – und Andy schon gleich gar nicht!
Aber jetzt bin ich ihn ja erst mal los, ich muss nicht auch noch freiwillig an ihn denken.
Obwohl der Gedanke an ihn, im Präriestaub liegend, sich mühsam aufrappelnd und den Sand von der Hose klopfend, mir immer noch einen halben Lachanfall entlockt.
Bereits nach wenigen Minuten erreichen wir den Rand des Wolf Forest, man kann ihn von der Ranch aus sehen, auf der ich wohne.
Andy, Robin, Brendan und ich reiten die vier übrigen Einhörner und neben Justo führt Brendan das Pony Cheyenne am Zügel.

Wenn ich sie vor mir hertrotten sehe, muss ich unwillkürlich an einen Packesel denken.
Dina reitet ein Pferd von Robin, einen rabenschwarzen Wallach namens Viento, und bildet mit mir den Abschluss unserer kleinen Karawane.
Robin reitet mit Destino an der Spitze, dicht gefolgt von Dragón und Andy, der jeden Zweig um uns herum im Auge behält.
Ich sehe mich ebenfalls um, doch ich kann nichts Auffälliges entdecken. Genau so ist mir der Wald in Erinnerung geblieben.
Düster und geheimnisvoll.
Unheimlich. Und trotzdem seltsam faszinierend.
Und still. Es ist kein einziges Geräusch zu hören, außer den knarrenden Ästen, die sich im Wind wiegen, und den zerbrechenden Zweigen unter den Hufen unserer Pferde.
Mir kommt es vor, als würde der Wald nur auf uns warten. Als würden die Bäume untereinander in einer fremden Sprache flüstern und jeden Moment nach uns greifen.
Mir kriecht ein Schauer über den Rücken.
Irgendwo knarrt der Ast eines toten Baumes zum Angriff.
Und dann kommen sie von überall her.
Plötzlich tauchen unzählige zwergenhafte Gestalten um uns herum auf und belagern uns von allen Seiten. Sie klettern geschickt aus Erdlöchern, Gebüschen und Bäumen zu uns auf die Pferde und lassen sich mit Seilen von den Ästen über uns herunter.
Ich bin völlig überrumpelt, solche Wesen kenne ich nur aus Kinderbüchern. Ihre Arme und Beine sind viel zu kurz und auf ihren Köpfen befinden sich seltsame, baumartige Gewächse.
Dinas Pferd erschreckt sich und springt beinahe ins Gebüsch, als sich einer dieser Zwerge an seinem Schweif hochzieht. Ich weiß gar nicht, was ich machen soll, doch sie beklettern bereits meine Beine und Luna tritt unruhig hin und her.

„Packt sie an dem Baum!“, ruft Andy und hält einen der kleinen Kerle zappelnd vor sich hoch.
Ich tue, was er sagt und ziehe den erstbesten Wicht an den verkrüppelten Ästen auf seinem Kopf. Sie scheinen festgewachsen und das Männlein lässt sich mühelos daran hochheben.
Ich werfe es ins Gras und habe es augenblicklich mit zwei weiteren zu tun, von denen der eine meinen Arm und der andere meinen Fuß umklammert hält.
Blitzschnell klettern sie an mir hoch und halten sich fest, obwohl ich noch nicht so recht weiß, was sie damit eigentlich bezwecken.
Doch mit einem Mal lassen sie von mir ab.
Erstaunt sehe ich mich um. Auch die anderen sind verwundert über die Baumzwerge, die plötzlich flink von ihnen herunterklettern. Robin hält noch einen von ihnen kopfüber am Bein fest, lässt ihn aber dann auf den Boden fallen und unsanft auf der Nase landen.
„Genug jetzt!“, befiehlt eine scharfe Stimme aus den Sträuchern.
Cheyenne schnaubt, die Pferde beruhigen sich langsam wieder und die Gnome sammeln sich zu einer Gruppe.
Dann taucht ein weiterer Wicht auf, der kleinste von ihnen, und marschiert geradewegs aus dem Gebüsch auf uns zu.
Erst jetzt ergibt sich mir die Gelegenheit, die kleinen Männlein genauer zu betrachten.
Sie haben allesamt finstere Gesichter, kurze Vollbärte und fremdartige Miniaturbäume auf ihren Köpfen. Sie erinnern an kleine Fichten, Holundersträucher und abgestorbene Kiefern.
Die Zwerge tragen schmutzige und zerrissene Kleidungsstücke am Leib und einen Gürtel, der aus einer einfachen, wohl ehemals weißen, Kordel besteht.
Ohne ihr Gestrüpp sind die Gnome nicht größer als einen halben Meter.

Der kleine da, der noch ein gutes Stück winziger als die anderen ist, muss ihr Anführer sein. Sein Baum trägt goldgelbes Laub, das bei jeder Bewegung raschelt.
„Wer seid ihr?“, fragt Dina, ohne ihre Neugier zu verbergen.
„Wir sind die Pooka“, sagt der Zwerg, „mein Name ist Srui, ich bin der Häuptling der Pooka. Wir bestehlen die Wanderer auf ihren Wegen. Wollt ihr uns etwas zum Stehlen geben?“
Eine so direkte Frage bringt mich vollkommen aus der Fassung.
„Was seid ihr denn für eine Bande?“, schmunzelt Brendan.
Dina sieht entsetzt aus.
„Vollkommen durchgeknallt, wenn ihr mich fragt.“
„Wir sind Wichte und nennen uns die Pooka. Wir verstecken uns im magischen Wald und bestehlen die Wanderer, die vorbeiziehen, das sagte ich bereits!“
Srui scheint ärgerlich zu werden und auch die anderen Zwerge funkeln uns grimmig an.
„Wie dem auch sei, von uns jedenfalls werdet ihr nichts bekommen“, meint Robin und treibt sein Einhorn an, um weiterzureiten.
Aber die Pooka umzingeln ihn hartnäckig. Und kreisen uns ebenfalls ein, damit wir nicht auf die Idee kommen, uns davonzumachen.
„Ihr werdet hier bleiben, damit wir euch bestehlen können!“, sagt Srui böse und zieht die Augenbrauen tief ins Gesicht.
Mir wird das ganze langsam zu bunt.
„Hört mal“, sage ich zu dem Kleinen, „warum müsst ihr uns denn unbedingt bestehlen? Wir haben ohnehin nichts, was wir euch geben können.“
„Na und“, meint Srui, „irgendetwas werden wir schon finden und wenn es eure Pferde sind!“
„Unsere Pferde?“
Brendan ist entsetzt.

„Ihr spinnt wohl!“
„Das geht wirklich nicht“, sagt Andy, und Dina wirft ein: „Ihr könnt doch noch nicht mal reiten!“
Sruis Gesicht bekommt eine nachdenkliche Miene.
„Das ist wohl wahr... Nun, dann gebt uns eben etwas anderes!“
„Nein“, sagt Robin bestimmt, „wir werden euch überhaupt nichts geben! Ihr werdet uns gehen lassen und zwar ohne etwas zu bekommen, sonst gibt es Ärger!“
„Das geht nicht“, entgegnet Srui entschlossen.
„Und warum nicht?“
Andy bleibt immer noch ruhig.
„Es wäre nicht richtig. Wir können euch nicht vorbeilassen, weil wir die Vorüberziehenden bestehlen. Das tun wir immer.“
Die Gruppe der Pooka drängt sich dichter um uns herum und die Pferde schlagen nervös mit dem Schweif.
„Wie es aussieht, werden sie uns nicht weiterziehen lassen, bevor sie uns etwas gestohlen haben“, stellt Brendan sachlich fest. Robin hat langsam die Nase voll.
„Dann reiten wir eben über sie drüber weg“, schlägt er vor und blickt Srui böse an.
Der knirscht mit den Zähnen und gibt Befehl, uns bloß nicht vorbei zu lassen, als über ihm plötzlich ein Ast abbricht und den Wicht unter sich begräbt.
Die anderen Pooka zerstreuen sich aufgebracht in verschiedenen Richtungen.
Andy springt vom Pferd und befreit den Zwerg von der schweren Last. Robin sieht ihm amüsiert dabei zu.
Ich bin schockiert. Dina fragt ihn entgeistert:
„Musste das jetzt wieder sein?“
Robin grinst selbstgefällig.
„Warum nicht? Man wird doch wohl noch ein bisschen Spaß haben dürfen!“, rechtfertigt er sich.
Ich sehe ihn missbilligend an.
„Sie haben uns nichts getan.“

„Oh doch, sie wollten uns bestehlen!“
Brendan kichert.
Das ist Robins Eigenschaft, ich weiß nicht, ob eine gute oder schlechte. Er lässt manchmal Sachen durch die Gegend fliegen. Deswegen Act.
Srui ist inzwischen wieder auf den Beinen und rückt seinen Gürtel zurecht.
„Das war nicht nett eben“, beschuldigt er Robin, während er sich die Erde von der Hose klopft. Sein Bäumchen hat vor Schreck gleich die Hälfte seiner Blätter verloren.
Doch mit einem Mal verändert sich sein Gesichtsausdruck und er blickt Andy sorgenvoll an.
„Wisst ihr, wir können euch wirklich nicht gehen lassen“, meint er, und es scheint ihm beinahe Leid zu tun, „wir bestehlen immer alle, die hier vorbeikommen. Es ist unsere Aufgabe, sie zu bestehlen.“
Andy nickt verständnisvoll, aber ich kann ihm ansehen, dass er sich innerlich kaputtlacht.
„Wir verstehen das“, sagt er und Dina fügt eilig hinzu:
„Und das war auch keine Absicht, eben. Manchmal passiert so etwas.“
Ich nicke bedauernd, als Srui mich ansieht. Brendan grinst immer noch, Robin scheint das alles hier nicht für nötig zu halten.
Viento steht noch geduldig auf derselben Stelle wie vorhin und döst. Cheyenne testet die Fressbarkeit sämtlicher Pflanzen im Zauberwald.
Die Pooka stehen jetzt in der Nähe von Srui und haben sich weit von Robin entfernt. Ich bin mir sicher, sie merken uns etwas Übernatürliches an, denn sie beobachten uns und die Einhörner sehr aufmerksam.
Andy geht auf sein Pferd zu und nimmt das Gespräch mit Srui wieder auf.
„Wir werden euch etwas geben“, versichert er und kramt in Dragóns Satteltaschen.

Dina, Brendan und ich sehen uns fragend an, Robin ist beinahe entrüstet.
Andy grinst triumphierend, als er gefunden hat, was er suchte. Er hält einen kleinen Gegenstand in der Hand und die Zwerge sammeln sich neugierig um ihn.
Ich lächle, obwohl ich nicht weiß, worauf er hinaus will. Aber ich kenne Andy.
Robin hat es inzwischen aufgegeben, auch nur genervt zu sein, und fügt sich seinem Schicksal. Er kann sich nicht immer durchsetzen. Vielleicht muss er das lernen.
Andy überreicht Srui feierlich – seinen Kompass.
Die Augen der Pooka leuchten, als sie das Geschenk sehen. Irgendeiner ruft:
„Her damit, das ist unsere Beute!“
Andy lacht.
Die Gnome stürzen sich auf ihn und reißen ihm den Kompass förmlich aus der Hand. Ich muss ebenfalls grinsen, als ich sehe, wie sie sich darum streiten, bis Srui den Gegenstand schließlich an sich bringt und aufmerksam betrachtet. Er dreht das Gehäuse in der Hand, doch der Zeiger bleibt auf der gleichen Stelle stehen. Dann dreht er sich im Ganzen um die eigene Achse.
Doch die Nadel bewegt sich nicht.
„Was ist das für ein Zauberding?“, fragt er uns fasziniert.
„Es ist magisch“, behauptet Dina eifrig und ich stimme ihr zu:
„Wir bekamen es von einer Waldfee.“
„Etwas ganz besonderes“, kann Brendan nur beipflichten.
Srui hält den Kompass stolz in die Höhe und die Pooka brechen in Jubel aus. Andy sieht dem Schauspiel belustigt zu. Robin fragt ihn entrüstet:
„Wie kommst du dazu, unseren Kompass zu verschenken?“
Doch Andy winkt ab.
„Das ist kein Problem. Wir können die Himmelsrichtungen mit einer Uhr am Stand der Sonne bestimmen.“

„Und wenn du unbedingt einen neuen brauchst, können wir ja Annikki danach fragen“, meint Dina, und Robin gibt sich geschlagen.
„Von welchem Geschenk redet ihr denn eigentlich?“, fragt Srui verdutzt und die goldenen Blätter rascheln auf seinem Kopf.
„Das ist doch unser Diebesgut!“

XIII
Stride

Nachdem die Pooka uns hinterrücks den Kompass abgenommen hatten, beschlossen sie gnädig, uns freizulassen. Robin war mir mittlerweile nicht mehr böse und Brendan fand das ganze einfach nur lustig.
Piper freut sich, weil ich den Zwergen geholfen habe, und Dina lacht Robin aus, weil er sich nicht durchsetzen konnte. Jetzt reitet sie aber hinten bei Piper und mir und hat den Spaß daran verloren, Robin zu ärgern, weil der sich nicht im Geringsten davon stören lässt.
Srui wusste sogar mit dem Namen Annikki etwas anzufangen, sie ist die Schutzpatronin der Waldtiere. Doch wo wir sie finden, konnte er uns nicht sagen.
Wir setzten unseren Weg fort.
Einen unbekannten Weg. Direkt ins Innere des Waldes hinein.
„Wollen wir hier eigentlich den ganzen Tag kreuz und quer durch die Gegend reiten?“, fragt Robin und dreht sich im Sattel um.
Piper versucht, ihn zu beruhigen.
„Ich rechne damit, dass Annikki auf sich aufmerksam machen wird. Sie weiß ja, dass wir hier sind.“
„Schließlich hat sie uns selbst herbestellt“, bemerkt Dina und verlässt sich voll und ganz darauf, für nichts verantwortlich zu sein.

Brendan zuckt mit den Schultern, er weiß ohnehin noch nicht, wonach wir hier überhaupt suchen.
Wir folgen seit mehr als einer halben Stunde einem endlos gewundenen Pfad, der immer wieder Schleifen und Haken bildet und womöglich sogar im Kreis führt.
Vorhin kamen wir an einem kristallklaren See vorbei, der von unzähligen grünenden Hügeln umgeben war. Die Wasseroberfläche war glatt wie ein Spiegel und auch Gras und Erde um ihn waren unbewegt.
Es war keine Spur mehr von Wind. Kein einziges Geräusch zu hören, außer von uns selbst.
Die einzigen im Wald.
Als hätte sich alles Leben versteckt und hielte den Atem an, um uns zu beobachten.
See und Hügel liegen nach einer Dreiviertelstunde immer noch genauso da, wie vorher.
Brendan teilt uns gelangweilt mit, dass wir hier schon waren.
„Na toll!“
Robin springt vom Pferd und lässt es stehen, als er auf mich zukommt.
„Wer hat bloß diese Wege angelegt?“, äußert sich Dina kleinlaut.
Piper steigt ebenfalls vom Pferd und die anderen tun es ihr nach.
„Und was machen wir jetzt?“, will Robin wissen und Piper setzt ihren Rucksack ab.
„Wie wäre es mit einer Pause?“, schlägt Brendan vor und ich stimme ihm zu.
„Du hast Recht, wir könnten wirklich eine Pause einlegen.“
Anschließend lassen wir die Pferde grasen und setzen uns unter die Bäume ins Moos, um selbst etwas zu essen.
Piper breitet ihre Karte aus und studiert sie aufmerksam, während sie sich an meiner Schulter anlehnt.
„Bist du sicher, dass du nichts essen willst?“, erkundige ich mich und halte ihr ein Brötchen vor die Nase.

Sie lehnt dankend ab, ohne mich anzusehen.
„Was tust du da?“, fragt Dina mit vollem Mund.
Piper sieht immer noch nicht auf.
„Ich suche nach einem Anhaltspunkt, irgendeinem Hinweis auf Annikkis Versteck.“
„Und wie könnte so etwas aussehen?“, frage ich interessiert.
„Ich weiß noch nicht“, murmelt sie gedankenverloren und dreht das knittrige Stück Papier zum zehnten Mal.
Ich betrachte die Karte aufmerksam.
Ein rissiges und vergilbtes Blatt Papier, worauf rotbraune verzweigte Linien zu erkennen sind. An den Stellen, wo sie sich kreuzen, sind Pfeile und Wörter eingezeichnet, die den Weg weisen. Die Schrift ist schmal und geschwungen, ich erkenne keinen einzigen Buchstaben. Am Rande der Linien, und manchmal auch etwas abseits, findet man ähnliche Bezeichnungen.
Kein Wort lesbar.
Über den Worten, neben den Wegen und zwischendrin befinden sich kleine Symbole, säuberlich und sehr detailliert mit einer schmalen Feder gestaltet.
Da ist ein blühender Baum, eine hohe Kirche, einige einfache Hütten, ein paar undefinierbare bunte Flecken. Auch ein kleiner blauer Klecks inmitten von grünen, auffällig geformt zu einer Acht, mit zwei Zwischenräumen.
Inseln.
Eilig nehme ich Piper die Karte aus der Hand und springe auf.
„Was ist denn?“, fragt sie und stützt sich im Moos ab.
Sie wäre fast umgefallen.
„Verzeihung, mein Engel“, flüstere ich und küsse sie flink auf die Wange, „aber ich glaube, ich habe etwas entdeckt.“
Ich laufe einen der Hügel hinauf und betrachte den klaren See von oben. Dann wieder die Karte. Und drehe sie nochmals, sodass sie auf dem Kopf steht.

Jetzt befindet sich der Pfad am Fuße des Hügels, genau dort, wo er sein muss.
Und wir sitzen unter dem Baum.
Der als einziger blüht.
Ich blicke zurück zu Piper und den anderen. Ihre Aufmerksamkeit scheint von irgendetwas erregt worden zu sein, denn sie bemerken mich nicht, als ich wiederkomme.
Gutgelaunt verkünde ich, zu wissen, wo wir uns befinden, als ich das kleine Fellknäuel entdecke, das alle ansehen.
Ich bleibe erstaunt stehen. Vor mir sitzt ein erdiges schwarzes Tier, aufgerichtet, aber nur etwa dreißig Zentimeter groß. Es ist sehr pummelig und sein Fell ist schwarzbraun, mit Ausnahme einiger heller Flecken am Bauch und im Gesicht. Nase und Augen sind schwarz und glänzend, aber Ohren erkenne ich keine.
„Ich weiß, was das ist", teilt uns Brendan stolz mit und ich sehe ihn überrascht an.
„Ein Vilvuk."
„Ein *was*?"
Dina zieht die Augenbrauen hoch. Aber ich stimme Brendan zu.
„Du hast Recht. Die Pfoten zeigen es eindeutig."
Alle mustern das friedliche Tier. Der Vilvuk grinst uns freundlich an. Seine Hände und Füße sind zu Schaufeln umgebildet.
„Sie leben in Erdhöhlen, hier in den Hügeln."
Nun erst fallen mir die unzähligen Löcher im Gras auf.
„Stimmt!"
Piper erinnert sich.
„Sophy erzählte davon, oder?"
Ich nicke.
Sophy kannte sich bestens aus hier im Wald. Sie war informiert über all seine Wesen. Wie es bei einer Hexe eben der Fall ist.
Manchmal frage ich mich, was sie jetzt tut. Wo sie ist und ob sie sich noch an uns erinnert.

Wir werden sie jedenfalls nie vergessen.
Auch, wenn sie uns verraten hat.

XIV
Eternity

Wir fragen den Vilvuk nach Annikki, der Beschützerin der Waldtiere, doch er grinst uns nur an. Wir versuchen es noch einmal und noch einmal, sogar mit Zeichensprache, aber er sagt gar nichts. Dann kommen wir uns blöd vor, mit diesem primitiven Wesen zu sprechen, und geben es auf. Wir stellen fest, dass es uns nichts bringt, und der Vilvuk verschwindet in einem der Erdlöcher.
Er steckt einfach seinen kleinen Kopf hinein und ist weg. Wir kümmern uns aber nicht weiter darum, weil Robin fragt, wie wir nun weiterkommen. Wir können ja nicht wieder und wieder im Kreis herumreiten.
Plötzlich ist der Vilvuk wieder da.
Er schaut aus dem Loch heraus und um ihn herum tauchen noch viele andere kleine Köpfchen auf.
Sie kriechen aus ihren Bauten und laufen eilig – sofern das ihre kurzen Füße zulassen – zu dem breiten Baum, unter dem wir während unseres kleinen Picknicks gesessen haben. Er blüht trotz der Sommerhitze, doch in diesem Wald braucht das einen wohl nicht weiter zu wundern.
Ich verstehe nicht richtig, was uns die kleinen Tiere mitteilen wollen, sie schauen nur den Baum an und hopsen um ihn herum. Gleichzeitig veranstalten sie ein ohrenbetäubendes Quietschen und Pfeifen.
Piper deutet mit dem Finger auf den Stamm, aber ich verstehe durch den Krach nicht, was sie meint.
Die Vilvuks scheinen uns auf etwas hinweisen zu wollen.
Dann sehe ich, wie sich in der Rinde des Baumes ein halbrunder Bogen abzeichnet, kaum größer als ein Mensch.
Das eingeschlossene Stück bildet eine Tür, die sich langsam öffnet.

Vor uns steht ein Mädchen.
Sie sieht jünger aus als wir, vielleicht wie zwölf oder dreizehn, und lacht uns freundlich an.
Die Vilvuks umringen sie sofort und springen an ihrem Kleid hoch. Sie hockt sich hin, um sie zu streicheln, dann nimmt sie drei davon auf den Arm.
Sie quietschen nun nicht mehr so penetrant, sondern brechen in fröhliches Jubeln aus.
„Ich habe gewusst, dass ihr mich finden würdet“, meint das Mädchen zufrieden und lächelt, „ich dachte allerdings, ihr nehmt den anderen Weg.“
Die Vilvuks auf ihrem Arm grinsen ebenfalls breit, sodass ihre kleinen weißen Zähnchen in dem dunklen Fell hell aufblitzen.
Wir sehen sie alle verwirrt an, selbst Piper, denn sie hatte wahrscheinlich mit einem Backenhörnchen gerechnet.
Annikki aber sieht beinahe aus wie ein Mensch. Wenn man von den zarten zitronenfalterweißen Schmetterlingsflügeln absieht, die aus ihrem Rücken wachsen.
Aber sonst erscheint sie mir ziemlich normal. Sie wohnt in einem Baum und betreibt wahrscheinlich gerade Hausputz.
In der Hand hält sie einen Staubwedel und ihr Kleid ist aus grünem Leinen und sehr einfach gehalten. Darüber trägt sie eine weiße Schürze, die mit zwei breiten Bändern um ihre Taille führt und hinter ihrem Rücken in einer Schleife endet.
Ihr Haar ist sehr lang und glänzt in verschiedenen Farbtönen, die von honigblond bis eichhörnchenrot alle Nuancen beinhalten.
Ihre seegrüngoldenen Augen strahlen uns immer noch an.
„Die Vilvuks haben uns auf den Baum aufmerksam gemacht“, stellt Piper richtig.
„Ach so ist das.“
Das Mädchen tritt einen Schritt zur Seite und die Tiere laufen eilig in den hohlen Baum hinein.

Sein Durchmesser beträgt zwar vielleicht einen Meter, aber es sind viel mehr Vilvuks, als er beherbergen kann.
Trotzdem laufen sie hinein.
Und dann verschwinden sie einfach.
Ich recke neugierig den Hals, um zu sehen, wo sie hin sind, kann aber außer tiefster Dunkelheit nichts erkennen.
Annikki streichelt einen der Vilvuks auf ihrem Arm am Kopf und der Kleine quiekt zufrieden.
„Ihr habt euch also schon angefreundet. Das hier ist nämlich meine kleine Freundin Wizzy, müsst ihr wissen. Mein momentanes Sorgenkind. Sie hat nämlich nur ein Baby."
Sie deutet mit dem Finger auf das Tierchen und setzt eine wichtige Miene auf.
Ich habe keine Ahnung, wovon sie redet.
Dann entdecke ich am Bauch des Tieres einen kleinen Beutel, aus dem ein scheues schwarzes Augenpaar herausschaut.
„Normalerweise haben Vilvuks zwei, sie hat leider eins verloren. Ein Wolf hat es gefressen, es ist ziemlich schlimm für sie.
Aber nun kommt doch erst mal rein!", fällt ihr ein und sie setzt Wizzy und die anderen beiden wieder ab.
„Ihr müsst entschuldigen, ich versäume es manchmal, die Leute hereinzubitten, versteht ihr? Aber da ihr ja hier übernachten werdet, wäre es von Vorteil!"
„Achso?", fragt Robin, der nicht als einziger aus allen Wolken fällt.
„Geht doch schon rein!", meint Annikki, ohne die Frage zu beantworten, und bahnt sich einen Weg durch die übrigen Vilvuks, die ihr auf Schritt und Tritt folgen, wobei sich ihre Flügel von selbst zusammenfalten.
„Ich werde mich unterdessen um eure Pferde kümmern. Meinen Plan erkläre ich euch später."
Sie geht auf die Einhörner, Cheyenne und Viento zu, die immer noch grasend am Fuße des Hügels stehen, und ist im Begriff, Destino und Justo von dort wegzuführen.

Andy, der immer noch die Karte in der Hand hält, allerdings inzwischen zusammengerollt, nimmt ihr Justos Zügel aus der Hand, um sie daran zu hindern.
„Vielleicht sollten wir das lieber selbst machen", wendet er ein.
Mir ist auch nicht ganz wohl bei dem Gedanken, die Einhörner aus der Hand zu geben, aber Annikki schüttelt den Kopf.
„Seht euch ruhig schon mal um, ich komme gleich nach", entgegnet sie, doch Andy ist noch immer nicht überzeugt.
Er sieht sie misstrauisch an. Sie beruhigt ihn.
„Ich will euch wirklich nur helfen", sagt sie, „allein seid ihr niemals stark genug gegen die Vampire. Ich weiß von Lilith und kann euch etwas geben, was euch sehr von Nutzen sein wird."
Andy blickt zu uns. Ich bin noch immer ein bisschen besorgt, da könnte ja jeder kommen.
Aber Robin und Dina bringen Annikki Vertrauen entgegen, und als auch Piper sich ihnen anschließt, gibt er nach und überlässt ihr die Zügel.
Annikki dankt ihm dafür, zwinkert ihm zu und ergänzt:
„Bei mir sind sie wirklich in guten Händen, ihr könnt mir glauben. Würde ich euch sonst um Hilfe bitten?"
Ich glaube, sie versteht uns.

Während sie mit unseren Einhörnern verschwindet, macht Dina sich daran, den geheimnisvollen Baum zu erkunden.
Die Tür steht noch immer offen und ich verkünde gerade, dass ich unter keinen Umständen einen verhexten Baum betrete, als Dina auf einmal verschwindet.
Piper läuft sofort auf den Eingang zu, um nach ihr zu suchen und Andy und Robin folgen Piper.
Plötzlich finde ich mich allein auf der Lichtung im Wolf Forest, was mir noch weniger behagt, als in den seltsamen Baum zu klettern und ich laufe den anderen eilig hinterher.

Kaum, dass ich über die Türschwelle getreten bin, eröffnet sich mir innerhalb eines Sekundenbruchteils das Geheimnis des unendlichen Platzes. Im Inneren des Stammes führt eine enge Wendeltreppe nach unten, die ich kurzerhand herunterzufallen beschlossen habe.
Zaghaft, aber doch nicht völlig mutlos, stehe ich wieder auf und taste mich an der Wand entlang bis zur letzten Stufe vor. Meine Freunde müssen allem Anschein nach denselben Weg genommen haben.
Unten angekommen, sehe ich sie auch schon, und staune nicht schlecht, als ich bemerke, wo wir uns befinden.
Wir stehen in einem hell erleuchteten Zimmer, das offensichtlich unter der Erde liegt. Es hat die Maße einer großzügigen Wohnstube, scheint aber gleichzeitig mehrere Räume zu beinhalten.
In der Ecke, die von mir aus links neben der Treppe liegt, befindet sich eine Miniaturküche mit winziger Theke, die hauptsächlich mit Holz und Keramik ausgestattet ist.
Gegenüber steht ein quadratischer Holztisch mit acht gedrechselten Stühlen und einer bunten, liebevoll bestickten Tischdecke.
Die anderen beiden Ecken füllen ein tannennadelfarbenes Sofa, eine kleine, farblos lackierte Holzschrankwand und ein Schreibtisch inklusive einem Lehnstuhl, Papier, Tinte und Feder, der in Richtung der Sitzecke zeigt.
Das Sofa steht vor einem steinernen Kamin – wie mir scheint, das einzige hier aus Stein –, direkt gegenüber der Treppe.
Zwischen Küche und Schreibtisch befindet sich eine Tür, die jedoch verschlossen ist, wahrscheinlich aber zum Schlafzimmer führt.
Von der Decke hängt ein einzelner Kerzenleuchter, der jedoch genug Licht verbreitet, um den ganzen Raum zu erhellen.
„Was denn, gar kein Fernseher?“, fragt Robin belustigt und wendet sich an Piper, die vor dem Kamin auf dem Boden

hockt und irgendetwas zu betrachten scheint, was das Sofa vor uns verbirgt.
Ich beuge mich darüber und entdecke die kleinen Vilvuks, die sich dicht zusammengedrängt in ein schwarzes Knäuel verwandelt haben und nun am ganzen Körper beben.
Vor Angst?
Ich sehe mich um und bemerke, dass die erdigen Wände übersät sind mit kleinen Löchern, wie wir sie oben in den Hügeln schon gesehen haben.
Außerdem ragen immer wieder ein paar Wurzeln heraus, wie auch um den Eingang, wo der Baum steht.
Die kleinen zitternden Vilvuks erregen allgemeine Aufmerksamkeit und alle fragen sich nun, was bloß mit ihnen los ist.
Robin meint, dass sie sich wahrscheinlich nur erschreckt haben, als sie Dina sahen, aber sie entgegnet:
„Sicherlich sind sie krank geworden, weil du hier bist!"
Wie gemein!
Ich muss ein wenig schmunzeln, angesichts ihrer kleinen Auseinandersetzung, und Andy geht es nicht anders. Piper mag es nicht sehr gern, wenn sie sich streiten, aber sie weiß, dass es nicht besonders böse gemeint ist, vor allem nicht von Robin. Er ärgert Dina nur, weil sie so gut drauf anspringt und sie versteht es jedes Mal falsch und ist hinterher sauer auf ihn.
Und als sie gerade dabei sind, auszudiskutieren, ob sich die Vilvuks nun vor Dina oder Robin fürchten, kommt Annikki die Treppe herunter und bereitet dem ein Ende.
„Ihnen ist kalt", sagt sie grinsend und erntet verständnislose Blicke von den beiden.
„Wieso kalt?", will ich wissen. „Sie leben doch in der Erde, oder nicht?"
„Das stimmt zwar", erwidert Annikki, während sie in der Küche Tee zubereitet, „doch Vilvuks sind ein bisschen anders, als ihr vielleicht denkt. Sie leben unter der Erde, aber sind gleichzeitig sehr kälteempfindlich. Sie kommen

heraus, um sich zu sonnen, und das kann manchmal sehr gefährlich für sie sein.
Wenn die Temperatur unter fünfundzwanzig Grad sinkt, frieren sie schon. Sie bilden dann solche Gemeinschaften, um sich zu wärmen, aber wir werden gleich den Kamin anmachen, damit es ihnen besser geht."
Sie stellt ein paar Tassen auf den Tisch, bittet uns, Platz zu nehmen, und macht sich dann daran, für die Vilvuks das Feuer zu entfachen.
Wenige Minuten später sitzen wir gemütlich um den Bestickten-Tischdecken-Tisch und trinken eine interessant schmeckende Sorte Waldtee, von der ich noch nie gehört habe.
Annikki erzählt uns, wie sie den Tee selbst pflückt, den Vilvuks Unterschlupf gewährt, wenn sie Angst vor dem Gewitter haben, sie an den Kamin lässt, wenn sie frieren, und die Holzwürmer füttert, damit sie ihre Möbel nicht zerlegen.
Hier gäbe es eine Menge Holzwürmer und Termiten und Annikki hat eigens zu diesem Zweck immer einen Teller mit Holzscheiten auf dem Boden stehen.
Es würde super funktionieren.
Natürlich nur bei Mahagoni oder Palisander, versteht sich, sonst wäre es ja für die kleinen Tierchen gar nicht attraktiv.
Wir können nett mit ihr plaudern und ich glaube, ihre etwas eigene Art ist uns allen sympathisch.
„Spätestens seit Dina wissen wir ja, dass es auch Leute gibt, die anders sind", meint Robin und kassiert dafür einen kräftigen Fußtritt.
Annikki kommt selbst darauf zu sprechen, weswegen wir eigentlich hergekommen sind, denn wir haben es vor lauter Tee und Termiten schon fast wieder vergessen.
„Ich überrumple euch ja wirklich ganz schön", meint sie nach einer Weile, „wahrscheinlich habt ihr noch nie von mir gehört."

Sie blickt fragend in die Runde. Ich sage gar nichts, schüttle nur den Kopf. Robin bestätigt Annikki in ihrer Auffassung, und Dina fragt:
„Sollten wir das?“
„Oh nein, es ist nicht von Belang. Ich bin mir sicher, eine Menge Leute wissen nicht, dass es mich gibt. Annikki. Die auf die Waldtiere aufpasst. Hirsche, Vilvuks, Drachen. Auch Einhörner stehen unter meinem Schutz.“
In mir kommt ein leises Zweifeln auf und ich glaube, auch Piper ist etwas verwirrt. Sind wir es nicht, die für den Schutz der Einhörner zuständig sind?
Ich verkneife mir meine Frage und höre stattdessen weiter zu, was Annikki zu berichten hat.
„Ich habe eine Untergrundbewegung gegründet, zusammen mit einem Freund. Er ist ein mutiger Krieger, man nennt ihn das Phantom.“
„Hört, hört“, entgegnet Robin, mit einem gewissen herablassenden Unterton.
Er hat nicht sehr viel übrig für Helden – außer ihm selbst natürlich.
„Aber was bewegt gerade euch dazu, gegen die Vampire zu kämpfen?“, will Piper wissen und stellt damit die Frage, die auch mir in Kopf herumkreiste.
„Es ist so“, beginnt Annikki und gießt uns noch etwas Tee ein, „die Vampire halten sich normalerweise in den Ewigen Welten auf und dort stellen sie für die Menschen auch keine Bedrohung dar.
Aber ich glaube, dass sie planen, sich in der gesamten Menschenwelt auszubreiten, und damit auch die Vampire, die nicht dort geschaffen wurden, in die Realität zu bringen.
Und wenn sie sich jetzt alle in die Menschenwelt begeben, werden sie zu einer ernsthaften Gefahr. Sie werden den Wald unterwerfen und danach die Einhörner töten, um anschließend über die gesamte Menschheit zu herrschen.
Deswegen dürfte diese Angelegenheit auch von eurem Interesse sein.“

„Aber wie kommen die Vampire denn überhaupt hierher?“, fragt Andy.
„Überall auf der Erde gibt es Durchgänge, die in die Ewigen Welten führen. Sie heißen Tore oder Schwellen und liegen inmitten magischer Zonen, die man Ringe nennt.
Diese Zonen sind bevölkert mit übernatürlichen Wesen, die über die Schwellen hinüberwechseln.
Zu den Ringen gehört auch der Wolf Forest, wie hundert andere Wälder, Täler oder Seen.
Hier im Wald ist eines dieser Tore, durch das auch ihr in die Ewigen Welten gelangen könnt.“
„Aber wenn die Vampire durch diesen Durchgang hier herkommen wollen, würde es doch ausreichen, ihn einfach zu blockieren“, meint Dina, aber Annnikki schüttelt den Kopf.
„Sie waren doch auch vorher schon da“, ergänzt Robin und verbrennt sich die Zunge am Tee.
„Es stimmt, die Vampire haben sich längst ausgebreitet, wir müssten sie alle vernichten und außerdem alle Tore zerstören, die sie benutzen. Das würde bedeuten, dass niemand mehr in die Ewigen Welten hinübergelangen kann, aber es kommt auf etwas anderes an.
Normalerweise können die Vampire nicht einfach so zwischen den Welten hin und her springen. In die Ewigen Welten kommt man nur auf einem Einhorn, oder sonst einem magischen Tier, das aus der anderen Welt kommt.
Heraus gelangen die Wesen von dort nur, wenn sie von einem Menschen herbeigerufen werden.
Eine Ausnahme bildet es, wenn man in seine eigene Welt zurück will, das erfordert keine besonderen Maßnahmen, man geht einfach durch das Tor.
Die Ringzonen sind von Fabelwesen deswegen so bevölkert, weil es allesamt Gegenden sind, die die Fantasie der Menschen beflügeln.
Die übersinnliche Atmosphäre im Wolf Forest, zum Beispiel, lässt sie glauben, dass es dort nicht mit rechten Din-

gen zugeht und ohne es zu merken, wünschen sie sich tief in ihrem Unterbewusstsein irgendetwas Fantastisches herbei. Und sei es etwas Unheimliches oder Gefährliches. Die Menschen bilden sich etwas ein und lassen es so Wirklichkeit werden.
Diese herbeigerufenen Wesen der Ewigen Welten sind allerdings sehr ortsgebunden und können sich nicht aus eigenem Ermessen bewegen und die Gegend wechseln.
Doch ihr müsst wissen, dass ein kleiner Teil der Vampire schon immer in der Menschenwelt gelebt hat.
Vermutlich ist irgendwann einer von ihnen in die Ringzone geraten und hat seinen Fluch über einen vorbeikommenden Wanderer weiter verbreitet, indem er sein Blut trank.
Dieser zweite Vampir ist also in der Außenwelt geschaffen worden und war deswegen nicht mehr auf die Gegend angewiesen.
Ich kann mir nur so erklären, wie es den Vampiren möglich war, sich in der Menschenwelt auszubreiten.
Aber wie gesagt ist es nur eine sehr geringe Anzahl im Vergleich zu den Vampiren, die die Ewigen Welten bevölkern. Und genau hier liegt unser Problem."
„Oh nein", stöhne ich, „das ist ja alles wahnsinnig kompliziert!"
Annikki missachtet meine Bemerkung und fährt fort, die Sache zu verstricken.
„Ich vermute, dass Gillian und Joice nun von Lilith erfahren wollen, wie auch die anderen Vampire in die Menschenwelt gelangen können. Die Einhörner sind dabei wahrscheinlich ursprünglich als Geschenk gedacht. Sie wissen ja noch nicht, dass sie sie brauchen.
Es ist nicht auszudenken, was passiert, wenn die beiden Vampire erfahren, dass genau diese Einhörner den Schlüssel zu den Toren darstellen. Sie könnten rasend schnell die gesamte Menschenwelt zerstören. Versteht ihr, die Träume sind der Schlüssel zum Denken und Handeln der Menschen!"

Annikki blickt einen Moment tief in ihren Tee hinein. Dann sieht uns entschlossen an.
„Und ihr müsst diese Träume schützen."

XV
neutral

Der Jäger war fast noch ein Junge. Dreizehn Jahre, keinesfalls älter.
Und doch wählte er diesen Job freiwillig. Und aus eigenem Interesse.
Er hasste diese Kreaturen. Schon immer. Und er macht jede Nacht Jagd auf sie. Auch diese.
Er hat einen Lieblingsfeind, seinen schlimmsten.
Einen Schatten, den er schon lange verfolgt, doch er kann sich heute nicht mit ihm beschäftigen.
Die Vampire sind zahlreicher geworden. Sie haben sich rasend schnell vermehrt und ohne Rücksicht auf Schlagzeilen und Massenhysterie.
Seine Aufgabe ist es, die Sache diskret zu halten und unter Kontrolle.
Die wenigsten Menschen glauben an die Existenz der Vampire und noch weniger glauben denen, die daran glauben. Eine Panik von solchem Ausmaße kann man sich einfach nicht leisten. Nicht in der Menschenwelt, wo sowieso schon alles drunter und drüber geht.
Der Jäger nimmt seine Armbrust und sein treues Pferd. Das schwarze, geflügelte mit dem Horn. Es folgt ihm, seit er es rettete.
Und sie gehen gemeinsam auf den Hügel, von wo aus sie alles überblicken können.
Dort erheben sie sich in die Lüfte und fliegen geradewegs in Richtung der neuen Wälder.
Hier halten sie sich auf, die Biester, und attackieren die Menschen aus dem Hinterhalt.

Aber hier sucht er sie selten auf. Er stört sie lieber bei der Jagd und macht sie dann selbst zu Gejagten.
Daher schwebt der Rappe noch weiter und landet etwas abseits einer kleinen Ansammlung von Häusern, wo er seine Schwingen zusammenfaltet.
Jetzt geht es los.
Der Jäger sieht eine Gruppe von sechs oder sieben Vampiren auf die Häuser zueilen und sich aufteilen.
Er hört die Schreie, die sie stets begleiten, egal, wo sie erscheinen.
„Was sagst du?“, flüstert er dem Pferd zu. „Die schaffen wir doch mit links, oder?“
Dann setzen sie zu einem Galopp an und steuern auf die Häuser zu.
Im Schutz der steinernen Mauern halten sie.
Er greift nach den Pfeilen und erwischt zwei der Kreaturen, bevor sie in ein Haus eindringen können.
Einige ernähren sich gelegentlich von Tieren. Sie brechen Ratten und Katzen das Genick und zerreißen Hühner, bis sie ohne Federn sind.
Am Hühnerstall sind drei und machen sich daran zu schaffen.
Doch die Pfeile sind schneller als ihr wütendes Fauchen.
Ein scharfer Hund beginnt zu kläffen und spannt seine Kette bis zum Anschlag.
Die Vampire zerfallen zu Staub.
Kaum, dass ein Pfeil sie durchbohrt hat, sinken sie zu Boden und lösen sich auf.
Es ist still geworden.
Der Jäger dreht sich um und sieht einem jungen Vampir direkt ins Gesicht.
Er hat den Hund mit seiner Kette erdrosselt und hält ihn leblos am Genick.
Es knackt, dann liegt er auf der Erde.
Das Pferd steigt auf die Hinterhand und trifft den Vampir mit dem Huf an der Schulter.

Er ist verunsichert, seine unsagbare Stärke gebrochen zu wissen.
Zwei weitere Vampire kommen aus dem Haus, einer eine Frau an den Haaren herbeiziehend.
„Hier ist unser Nachtmahl für heute!“, verkündet er und bemerkt erst dann seinen Feind.
Er stößt die Farmerin hinunter auf die Knie und ein anderer macht sich gierig über sie her.
Der erste hat sich nun wieder gefangen und greift von hinten das Pferd an, was nach ihm schlägt.
Ein Schwert trennt dem Vampir sauber den Kopf ab, daraufhin fallen beide Teile auf die Erde.
Ohne einen Tropfen Blut zu vergießen.
Er hat noch keins getrunken.
Der Jäger erledigt den Vampir bei der Frau ebenfalls mit der Klinge, woraufhin der dritte alarmiert die Flucht ergreift.
Das Pferd nimmt die Verfolgung auf.
Sie jagen ihn zwischen den Häusern hindurch und durch Gärten.
Über Weiden und sogar Dächer.
Für einen Vampir so einfach, wie für den Reiter eines geflügelten Pferdes.
Doch stoppt der Hengst bereits vor seinem Opfer. Sie haben seine ausweglose Lage erkannt.
Das Wesen steht am Ufer des Flusses.
Der Bloody River ist nicht ohne weiteres zu überqueren für ihn, zumal es hier keinen Übergang gibt.
Der Vampir dreht sich um und blickte in das abwartende Gesicht seines Verfolgers.
Der Jäger spannt langsam seine Armbrust.
Der Vampir setzt zum Sprung an. Er wird nicht kampflos aufgeben.
Es kommt nicht mehr zum Kampf.

Zurück bei den Häusern schaut der Jäger nach der Farmerin.
Sie kniet noch immer aufrecht an derselben Stelle und blickt ihn an wie in Trance.
Ihre Augen sind nach oben verdreht und flackern, das Kleid ist blutgetränkt. Ihr Hals gleicht einem Fetzen Haut, die Vampire haben sie von mehreren Seiten gebissen.
Es gibt keine Hoffnung mehr für diesen Menschen und der Jäger greift noch einmal nach einem Pfeil.
Er hat keine Wahl.
Er muss diese Seele auslöschen.
Bevor sie zu ihrem eigenen Schatten wird.

XVI
Shadow

Am Abend bringt Annikki uns durch eine niedrige Eichenholztür in einen Flur, der so eng ist, dass man Mühe hat, darin zu zweit nebeneinander her zu gehen.
Mehrere zum Ducken zwingende und nach innen zu öffnende Holztüren führen von dort in die übrigen Zimmer der Wohnung.
Wir gehen an ihrem Schlafzimmer und einer Gerümpelkammer vorbei und besichtigen ein winziges Badezimmer.
Hier ist außer dem Toilettendeckel und einem Wandschränkchen alles aus hellem Stein gearbeitet. Daneben besteht der Raum aus einem viereckigen Waschbecken und einer großzügigen Wanne.
Ich frage mich, wer in dieser ungewöhnlichen Behausung wohl das Abwassersystem angelegt hat. Aber Annikki klärt mich schnell auf. Die Vilvuks seien sehr fleißig, meint sie, und sie habe sie sich schon früh zu Freunden gemacht. Wahrscheinlich haben sie die Löcher gebuddelt, in die dann nur noch Rohre verlegt werden mussten.
Dann fällt ihr voller Entsetzen auf, dass das Toilettenpapier zur Neige gegangen ist und sie entschuldigt sich eilends,

um welches zu holen. Sie bewahrt es wohl im Wohnraum auf, dort gibt es den meisten Platz.
Dina inspiziert unterdessen das Wandschränkchen und entdeckt sorgsam gefaltete Handtücher, ein Stück duftende Seife, eine Tube Zahnpasta, einen feinzinkigen stiellosen Kamm und ein Fläschchen mit rosafarbenem Badezusatz.
„Keine Zahnbürste?“, fragt sie entgeistert. „Zum Glück habe ich meine mitgenommen!“
Ich will gerade entgegnen, dass Annikki ihre Gäste ja nicht mit allem ausstatten kann, als wir plötzlich ein kurzes, aber dafür keineswegs leises, Krachen vernehmen.
Es klingt, als ob man ein Glas mit aller Kraft auf einen Steinboden wirft, und ich bin mir zu zweiundachtzig Komma drei Prozent sicher, es stammt aus Annikkis Schlafzimmer.
Robin macht sich sofort auf den Weg, um die Ursache herauszufinden, während wir anderen ihm zaghaft folgen.
Ohne zu zögern öffnet er die Tür und betritt das Zimmer. Wir anderen bleiben unschlüssig im Türrahmen stehen, ich sehe mich flüchtig um.
Der Raum ist wie die anderen sehr geschmackvoll eingerichtet, es gibt eine Kommode und einen hohen Wandspiegel, einen Kleiderschrank, eine spanische Wand und in der Mitte des Raumes ein breites Himmelbett.
Wirklich interessant ist nur, was sich auf dem Bett und drum herum befindet.
Auf der glatt gestrichenen hellvioletten Überdecke sind mehrere weitere Decken und Kissen zu einem aufgewühlten Berg angehäuft. Dazwischen und daneben liegen tatsächlich unzählige Glasscherben verstreut, und Teile eines seltsamen, runden Gegenstandes.
Die Bruchstücke sind ebenfalls gewölbt, schimmern bläulich und sind mit ringförmigen Tupfen und Kreisen übersät. So etwas habe ich noch nie gesehen.
Es kracht erneut, diesmal noch lauter als beim ersten Mal, und ich versuche, herauszufinden, woher das Geräusch

kommt. Mir scheint, es würde geradewegs vom Bett verursacht.
Oder von dem, was darauf liegt.
Todesmutig wagt sich Robin an den seltsamen Haufen heran. Andy will gerade zu einem Einwand ansetzen, aber er begnügt sich damit, Dina zurückzuhalten, die bereits drauf und dran war, ihm neugierig zu folgen.
Ich bin trotz meiner Ängstlichkeit ebenfalls dazu verleitet, einen vorsichtigen Schritt nach vorn zu tun. Indem er uns den Rücken zudreht, verschafft uns Robin eine wirklich schlechte Position.
Aber ich finde mich damit ab, dem Geschehen weiter zu lauschen, und beobachte ihn aufmerksam.
Er beugt sich langsam über die Decken und hebt die oberste mit den Fingerspitzen an, um darunter zu schauen.
Erschrocken weicht er ein Stück zurück.
„Was ist das denn?“
Jetzt ist kein Krachen, nicht mal mehr ein leises Knacken, zu hören, stattdessen nur ein ängstliches Wimmern.
Doch schließlich siegt die Neugier über ihn und Robin sieht erneut unter die Decke nach dem nicht minder erschrockenen Geschöpf.
Dann greift er danach und wir können noch immer überhaupt nichts erkennen.
Ich verrenke mir akrobatisch den Kopf, Dina hält es nicht mehr aus und reißt sich von Andy los, aber Robin hat das Tier schon auf den Arm genommen und dreht sich zu uns um.
Mit offenen Mündern starren wir ihn an.
Das kleine Wesen ist jetzt ganz leise und scheint sich auf seinem Arm sehr wohl zu fühlen.
Im nächsten Moment haben wir Robin umringt, um es aus der Nähe zu begutachten.
Große schwarze Knopfaugen blicken uns entgegen.
Mein Blick wandert über das winzige schnabelartige Maul, den kurzen breiten Hals, die vier Beine mit jeweils fünf

Krallen, die weiche, honigfarbene Lederhaut, den mit Hornplatten besetzten Rücken, die purpurnen, faltigen Flügel, die feucht und klebrig aussehen, bis zu dem langen, herabhängendem Schwanz, der sich am Ende leicht einrollt und in zwei spitze Stacheln übergeht.
Dina springt um Robin herum.
„Wie süß!“, jubelt sie und ist ganz aus dem Häuschen, als hätte sie noch nie so etwas *Süßes* gesehen.
Sie erinnert mich an Maya, die strahlte wie ein Honigkuchenpferd, als sie das erste Mal die Pferde sehen durfte.
Brendan berührt das Tier vorsichtig auf dem Rücken und schüttelt sich den Schleim von den Händen.
„Wie eklig!“, meint er angewidert.
Andy sagt nichts.
Er beäugt das süße Etwas misstrauisch und sieht dann fragend zu Robin, weil er nicht so recht weiß, ob man das wirklich anfassen sollte.
„Was glaubst du, was das ist?“, frage ich, traue mich aber auch nicht, meine Hand danach auszustrecken.
„Dreimal dürft ihr raten.“
Annikki ist inzwischen von der Klopapiersuche zurückgekehrt und beobachtet uns amüsiert vom Türrahmen aus. Ich entschuldige mich sofort dafür, dass wir einfach in ihr Zimmer eingedrungen sind.
Aber sie schmunzelt nur.
Und der Drache blinzelt uns unschuldig an.

XVII
Shadow

„Und was machen wir jetzt mit ihm?“, fragt Andy, während Annikki ein Stück von einer Papierrolle abreißt und es Robin reicht.
Behutsam befreit er damit die zerdrückten Drachenflügel vom Schleim.

„Ich finde, wir sollten ihn behalten“, meint er und Dina stimmt ihm begeistert zu.
„Man weiß nie, wozu man einen Drachen mal gebrauchen kann!“
„Wie bitte?“
Ich halte das für keine so richtig tolle Idee.
„Ihr spinnt wohl! Wollt ihr, dass er uns röstet und danach allesamt auffrisst, wenn wir schön durch sind? Das kann nicht euer Ernst sein!“
„Also ich wäre im Prinzip auch dagegen, falls jemanden meine Meinung interessiert...“
Brendan steht immer noch in gebührendem Abstand von Robin und dem Tier.
Alle sehen zu Andy. Sogar Annikki.
Bei ihm liegt die Entscheidung.
Dina blickt ihn flehend an und hat ihre unschuldigsten Dackelaugen aufgesetzt. Es fehlt nicht mehr viel und sie fällt vor ihm auf die Knie.
Ich weiß genau, wie sie als nächstes argumentiert.
„Er ist doch sooo süüüß!“
Andy zuckt mit den Schultern.
„Eigentlich ist mir total egal, was ihr damit macht. Solange er uns nicht unterwegs auffrisst...“
Annikki fällt ihm ins Wort.
„Ich glaube, darüber braucht ihr euch keine Sorgen zu machen. Gestern früh habe ich ihn verlassen in einer alten Höhle gefunden. Ich vermute, seine Mutter ist schon vor einiger Zeit vertrieben worden. Wisst ihr, Drachen sind wechselwarm.“
Sie zieht eine Wärmflasche zwischen den Kissen hervor, die sie eigens zu Brutzwecken dort deponiert hatte.
„Die Eier halten sich sehr lang und je wärmer man es ihnen macht, desto schneller schlüpfen die Jungtiere.“
Sie grinst. Der kleine Drache auf Robins Arm sieht sie neugierig an und ahmt es nach, bringt aber nur eine Grimasse zustande.

Jetzt muss sogar ich lächeln.
Ich nehme all meinen Mut zusammen und versuche das Tier am Kopf zu streicheln, aber es duckt sich scheu vor meiner Hand.
„Morgen vielleicht“, murmle ich.
„Er ist ein bisschen schüchtern“, meint Robin entschuldigend.
Dann nimmt ihm Dina das Kerlchen ab wie einen jungen Hund und stellt fest, dass es ziemlich leicht ist.
Sie schwenkt das kleine Wesen probehalber ein paar Mal hin und her, woraufhin es sofort wieder zu wimmern beginnt.
„Jetzt hast du ihn verängstigt!“, schimpft Andy und Robin ergänzt:
„Kein Wunder, wenn du ihn so schüttelst!“
Dina verteidigt sich und gibt den Drachen Brendan auf den Arm, der sich dabei gar nicht so richtig wohl fühlt und ihn sofort an Annikki weiterreicht, die versucht, das quietschende Tier etwas zu beruhigen.
Unterdessen liegen sich Dina und Robin schon wieder in den Haaren und wir beschließen, dass es wohl das Beste ist, langsam zu Bett zu gehen.
„Wir legen den Kleinen auf den Läufer vor dem Kamin, da hat er es schön warm“, erklärt Annikki und bringt den Drachen nach draußen, während Brendan und ich ihr ins Wohnzimmer folgen.
„Zu den Vilvuks?“, frage ich und sehe mich nach Andy um, der bei den beiden Streithähnen geblieben ist.
„Sie sind inzwischen wieder in ihre Gänge zurück gekrochen. Wenn ich den Kamin anmache, werden ihre Höhlen mitgeheizt. Vorhin waren sie nur hier, um mich daran zu erinnern, es diese Nacht nicht zu vergessen.
Sie kommen jeden Abend.“
Vorsichtig setzt sie den Drachen auf den runden, farbenfrohen Teppich mit den Kordeln am Rand, vor das lodernde Kaminfeuer.

Er gibt jetzt gar kein Geräusch mehr von sich, seine ganze Aufmerksamkeit gilt dem neuen Raum, in dem er sich ehrfürchtig umsieht.
„Wir lassen dich jetzt allein“, verabschiedet sich Annikki und streichelt ihm noch einmal behutsam über den Kopf.
Diesmal wehrt er sich nicht dagegen.
Sie geht in die Küchenecke und holt zwei Kerzen aus einer hellblauen Schublade, die sie mir und Brendan samt einer Schachtel Streichhölzer reicht.
„Damit ihr bis in euer Zimmer kommt“, meint sie und löst mit geübten Fingern die Schleife ihrer Schürze, „drinnen sind Öllampen, wie überall hier.“
Ich hebe meinen Blick zu der niedrigen Decke und stelle fest, dass es sich bei dem elegant verzierten Leuchter tatsächlich um eine fünfarmige Vorrichtung handelt, die mit Öl betrieben wird.
Die ‚Kerzen' sind breite Glasbirnen, die sich nach oben hin verjüngen und mit einer gelblichen Flüssigkeit gefüllt sind, in denen ein breiter zusammengerollter Faden liegt.
Das ist mir noch gar nicht aufgefallen.
Wir wünschen Annikki und dem Drachen eine gute Nacht und machen uns auf den Weg in die von ihr beschriebenen Gästezimmer.
Mein Nachtquartier teile ich mit Dina, sie scheint bereits mein Gepäck mitgenommen zu haben.
Wie zu erwarten, ist es hier stockfinster. Ich zünde auf dem Flur die Kerze an und betrete vorsichtig den Raum.
Natürlich besitzt auch dieses Zimmer eine sehr gemütliche Einrichtung. Die Betten sind ebenfalls aus hellem Holz und breite karierte Patchworkdecken hängen an den Seiten herunter.
Es gibt kleine Nachtschränkchen, die ich automatisch mit Leselampen in Verbindung bringe, auch wenn die mangels Elektrizität durch dicke wachsbetropfte Kerzenständer ersetzt werden mussten.

Ich entdecke Dina, abgewandt auf dem Bett liegen, das wohl unterm Fenster stehen würde, wenn eins da wäre. Die anderen zwei Betten lehnen sich an die von der Tür aus seitlich gesehenen Wände.
Es ist ein seltsames Gefühl, sich immer in Zimmern ohne Fenster zu befinden, aber wie versprochen hängt auch hier wieder ein Leuchter von der Decke.
Ich mache mir nicht die Mühe, ihn anzuzünden, und ziehe mich beim Schein der Kerze um.
Dina hat sich auf ihrem Bett zusammengerollt, den Kopf auf dem dicken, blauen Karokissen, die Augen geschlossen und die Füße eng an den Körper gezogen wie ein kleines Kind. Fehlt nur noch der Daumen im Mund.
Sie schläft.
Zumindest beschließe ich das, nachdem ich mehrfach versucht habe, sie anzusprechen.
Ich bin mir sicher, sie träumt von Drachen.
Eigentlich ist das kleine Kerlchen ja auch ganz niedlich.
Ich decke sie sorgsam zu und krieche unter meine eigene Bettdecke.
Dann blase ich die Kerze aus und augenblicklich umhüllt mich rabenschwarze Dunkelheit.
Die Ereignisse des Tages ziehen noch einmal an mir vorüber. Es war wirklich aufregend heute. Beinahe lustig, als wir Annikki das erste Mal gegenüberstanden. Ich hatte tatsächlich ein Hörnchen erwartet.
Typisch ich.
Dann bekomme ich plötzlich einen Schreck und sitze kerzengerade im Bett.
Ich würde mich gern davon überzeugen, Dina nicht aufgeweckt zu haben, aber die Dunkelheit, die uns umgibt, ist undurchdringlich.
Selbst von draußen kommt kein Lichtschein mehr.
Also taste ich mich Schritt für Schritt zur Türklinke und drücke sie leise nach unten.

Auf dem Flur ist es etwas heller als bei uns, ein schwacher Lichtschein kämpft sich vom Wohnzimmer zu mir durch. Annikki muss noch wach sein.
Aber um zur Tür zu kommen, lässt sich der Raum nicht umgehen.
Wie konnte ich es nur vergessen! Wie konnte ich nur so dumm sein und vergessen, sie danach zu fragen! Man kann es regelrecht als verantwortungslos bezeichnen. Dabei müssen wir doch auf die Einhörner aufpassen!
Wie konnte ich sie nur einfach so vergessen!
Gut, es war stressig und es ist viel passiert... aber das ist keine Rechtfertigung, Piper. Der Himmel strafe dich für deine Unachtsamkeit und dein nicht vorhandenes Pflichtbewusstsein!
Es sollte verboten sein, dass dir so eine Aufgabe übertragen wird.
„Aber im Grunde genommen, willst du sie doch gar nicht abgeben."
Erschrocken sehe auf.
Annikki steht vor mir im Türrahmen, scheinbar hat sie alles mitbekommen. Habe ich vor mich hingeredet?
„Du bist noch auf?", frage ich sie etwas unsicher, denn natürlich sehe ich, dass sie nicht schläft.
„Willst du zu den Pferden?"
Ich nicke.
Sie läuft auf mich zu und dann an mir vorbei.
„Komm mit, hinten raus ist es kürzer."
Ich folge ihr den Gang entlang bis zu einer Tür, die dem Eingang der Wohnung genau gegenüber liegt.
Der Hinterausgang.
Die Tür ist Halbrund, und als wir nach draußen treten, bemerke ich, dass sie direkt in einen Hügel eingelassen ist.
Das ist also der andere Weg, von dem sie redete.
Hier sind wir nicht vorbeigekommen. Es scheint beinahe ein anderer Teil des Waldes zu sein. Die Bäume sind höher und tragen rötliches oder gelbes Laub. Auch Nadelbäume

sind unter ihnen, die ich bisher nur auf den Köpfen der Pooka sah.
Der Boden ist mit Blättern übersät, einige Bäume sind kahl.
„Es ist ein bisschen von jeder Jahreszeit in diesem Wald“, erklärt Annikki, „hier befindet sich die Grenzzone vom Frühling zum Herbst.“
„Wo ist der Sommer?“, frage ich fröstelnd.
Es herrscht tatsächlich Herbststimmung. Und natürlich habe ich in unserem Zimmer gar nicht erst den Gedanken gehegt, mir etwas überzuziehen.
„Wenn du willst, hole ich dir eine Decke. Aber wir gehen auch gleich rein.“
Rein?
Ich sehe mich um. Bäume, Blätter, schwarze Nacht.
Nirgends etwas zu sehen zum Reingehen.
Annikki lächelt geheimnisvoll.
„Die Grenze strahlt sehr viel Magie aus. Und ich habe sie mir zunutze gemacht.“
Sie geht ein paar Schritte vorwärts und ich tue es ihr nach.
Vor uns materialisiert sich ein kleines Haus, ein Stall.
„Wie ist das möglich?“, frage ich entgeistert und berühre ungläubig die Wand.
„Ich sagte ja, Magie. Man kann es sich etwa so vorstellen wie eine Tarnkappe: Der Stall ist unsichtbar, sobald man sich auf drei Meter entfernt.“
Ich gehe ein paar Schritte zurück und bin beeindruckt. Das Haus verschwindet tatsächlich.
Annikki lächelt.
„Manchmal fliegen Fledermäuse dagegen, es tut mir immer Leid um sie.“
Sie öffnet mir die Tür.
Leises Schnauben und Scharren begrüßt unser Eintreten und wird durch Lunas freudiges Wiehern unterstützt. Es ist schon weit nach Mitternacht, aber außer Cheyenne und Viento sind alle Pferde hellwach.

Sie sind abgesattelt und drängen sich dicht um eine Heuraufe. Als Luna mich sieht, kommt sie auf mich zu.
„Es tut mir leid, dass ich dich vergessen habe“, entschuldige ich mich und taste automatisch in meinen Taschen nach einem Leckerli.
Als mir einfällt, dass mein Nachthemd keine Taschen besitzt.
Annikki reicht mir einen Apfel aus einer Kiste, ich breche ihn der Gerechtigkeit halber in der Mitte durch und frage sie, wo das Sattelzeug ist, während ich die Stücke verteile.
Als ich mitten in der Bewegung innehalte, stupst Dragón mich ungeduldig am Arm, aber mein Blick ist auf ein schwarzes Pferd fixiert, das hinten in der Ecke steht und sich nicht um mich gedrängt hat.
Ich kann nur das eine fremde Pferd im Stall entdecken und lausche konzentriert auf mein Innerstes, wie das Orakel sagte.
Von seiner Stirn geht dasselbe Leuchten aus wie bei Luna und Dragón.
Es dreht den Kopf und sieht mich mit hellen blauen Augen an.
Einhornaugen.
Und ich erkenne bei ihm so deutlich wie bei unseren Pferden das gedrehte Horn.
Eine Windung für jedes Jahrtausend.
Sollte dieses fremde Pferd tatsächlich ebenfalls ein Einhorn sein? Gibt es außer unseren sechs vielleicht doch noch andere Einhörner in dieser Welt?
Und geflügelte Pferde?
Als ich auf es zugehe, um es genauer anzusehen, erkenne ich zwei federne Schwingen auf seinem Rücken, die eng am Schulterblatt anliegen.
Flügel hat es also auch noch.
„Was bist du denn für einer?“, frage ich den Hengst leise und streiche ihm sanft über die Nüstern.

„Ich könnte es dir möglicherweise erzählen“, entgegnet Annikki neben mir und ich zucke unwillkürlich zusammen. Der Rappe hebt erschrocken den Kopf, Annikki hatte ich schon fast wieder vergessen.
„Du hast die Gabe, dich immer so leise heranzuschleichen, dass man dich unmöglich bemerken kann.“
„Ich komme aus den Ewigen Welten.“
„Ich kann mir das gar nicht richtig vorstellen, mit diesen ganzen Welten und Reichen.“
„Das kannst du. Du warst ja schon dort.“
Ich habe das Gefühl, von einem kalten Windstoß gestreift zu werden. Was meint sie?
„In deiner Fantasie, deinen Träumen und Wünschen. Bist du nicht früher manchmal auf einem Einhorn über Wiesen galoppiert, weit entfernt von hier? Oder mit Pegasos von Wolke zu Wolke gesprungen?“
Ich frage mich, was wohl wahrscheinlicher ist: dass sie in meinen Gedanken liest, oder, dass sie mich früher in meiner Kindheit besucht hat.
Vielleicht in meinen Träumen?
Woher weiß sie davon?
„Und deine Freunde haben ihre eigenen Abenteuer erlebt. Ob mit einem Einhorn, Drachen oder einer schönen Prinzessin. Welcher Junge will nicht gern mal König, Ritter oder Pirat sein?“
Ich muss unwillkürlich lächeln und stelle mir Andy als kleinen Jungen vor, der versucht mit einem Holzschwert einem monströsen schnarchenden Babydrachen den Kopf abzuhauen.
Ich frage mich, ob Robin ähnliche Träume hatte.
„Was ist mit diesem Pferd“, will ich wissen, „kommt es auch von dort? Und was macht es hier? Ist es deins? Ich sehe zu ersten Mal ein anderes… Einhorn. Es ist schwer zu begreifen.“
„Das ist es.“

Sie hat sich neben mich gestellt und streichelt den Hengst am Hals.
„Aber das wirst du noch. Bald."
Sie sieht mich an. Für mich ist sie genau so ein Rätsel wie das Pferd.
„Soll ich dir etwas zeigen?", fragt sie und greift nach dem Horn des Rappen.
Dann umfasst sie es mit der Hand.
Ich bin erstaunt. Wie ist das möglich?
Ich strecke ebenfalls eine Hand aus, und Annikki sagt:
„Versuch es nur! Es wird dir nicht gelingen."
Meine Hand gleitet durch den Strahl auf dem Haupt des Pferdes hindurch.
„Das sind die Ewigen Welten."
Ungläubig sehe ich sie an.
„Dieses Tier ist etwas Magisches, deswegen ist es schwer zu verstehen, wie alles Übernatürliche und Fremde.
Wie ich", lächelt sie und kommt dann auf meine anfängliche Frage zurück.
„Der Hengst ist ein enger Freund des Phantoms. Gemeinsam mit ihm jagt es die Vampire in der Menschenwelt, seit die beiden sich kennen lernten. Es ist ihre Aufgabe.
Über das Phantom kann ich dir nicht viel sagen, wenn du verstehst, ich kann es niemandem sagen."
Sie richtet es nicht als Frage an mich, sondern als Aussage, die ich akzeptieren muss.
Wie alle Rätsel in denen sie spricht.
Ich nicke etwas verwirrt.
Mehr werde ich nicht erfahren.
Jetzt noch nicht.

XVIII
Act

Annikki belegte den Drachen mit einem Zauber, der bewirken sollte, dass er möglichst schnell wächst. Sie wollte, dass er bei unserem Aufbruch ausgewachsen ist und uns nicht behindert.
In der Nacht kam er noch zweimal zu mir.
Er fand unser Zimmer beim ersten Mal auf Anhieb und beim zweiten noch schneller. Dann kratzte er mit seinen Fünfkrallenpfoten das weiche Holz unserer Tür kaputt, bis wir drinnen ausdiskutiert hatten, wer öffnen musste.
Bei der ersten Störung opferte sich Andy freiwillig, weil er befürchtete, Piper könnte bei diesem Lärm aufwachen.
Später in der Nacht – oder früher am Morgen – stand für ihn und Brendan von vornherein fest, dass der Besuch mir galt.
Eigentlich war ich dagegen, aber sie stimmten ab ohne mich einzubeziehen und wie zu erwarten, fand ich erneut das Tier auf der Schwelle.
Es suchte mich zum wiederholten Male um Asyl auf und da es seine Größe mit jedem Besuch verdoppelte, war es nun körperlich fast gar nicht mehr davon abzuhalten, freudig zu mir ins Zimmer (und ins Bett) zu springen.
Der Zwerg war von Drachenei- auf Kojoten- und schließlich Zweimonatsfohlenlevel aufgestiegen und bat mich inständig, mittels energischer Vorderbein- und Schnauzenanstrengungen, mein Nachtquartier mit ihm zu teilen.
Sein Durchsetzungsvermögen war enorm, ich ließ mich überreden (breitschlagen?), ihn bei mir aufzunehmen, und beschloss im nächsten Moment, Annikki aufzusuchen, infolge einer nicht mehr zu gebrauchenden Liege, inklusive Federbett, die aufgrund eines sehr ungestümen Freudeakts ihre Funktionalität eingebüßt hatten.

Es verursachte einen höllischen Lärm, aber das Bett war klüger. Der Lattenrost ergab sich schon zu Beginn des Eroberungsfeldzuges der Rieseneidechse.
Erfolg auf der ganzen Linie.
Der erste Bettkrieg brach aus.
Andy und Brendan schienen die Situation für amüsant zu halten und ernteten ein Kissen im Gesicht. Es folgte der Gegenangriff von zwei Seiten inklusive weiterem Gelächter. Der riesige Babydrache hüpfte quietschend und kreischend auf meinem Bett und tötete es endgültig.
Er war bestens unterhalten.
Ich war kurz davor, die Beherrschung zu verlieren und rief verzweifelt meine telepatischen Kräfte an, die den Drachen entfernen sollten.
Es gelang mir nicht.
Er war zweifelsohne nicht zu schwer dazu, er wehrte sich mit allen ihm gegebenen Mitteln.
Immerhin sind meine Erfahrungen im Schwebenlassen von Drachen begrenzt, zumal er ein Wesen ist, das ohnehin schon fliegen kann.
Seine Flügel waren nun auf eineinhalb Meter Spannweite ausgedehnt und erweckten, wie der Rest des Tiers, nicht den Anschein, als hätten sie vor, nicht weiter zu wachsen.
Annikki rettete mich schließlich.
Sie verschaffte mir eine Übernachtungsmöglichkeit im nächstgelegenen Gästezimmer und versprach, den Drachen im Wohnzimmer zu füttern und mir bis zum Morgen fernzuhalten.
Dann ließ sie mich allein.
Doch wenige Augenblicke später öffnete sie noch einmal die Tür, um mir etwas Wichtiges mitzuteilen.
„Robin, schläfst du?“, fragte sie und ich war stark versucht, ‚Ja’ zu antworten. Ich hatte wirklich genug für den Tag.
„Ich habe noch etwas vergessen“, fuhr sie fort. Sie wusste, dass ich wach war.

„Was ist denn?“, fragte ich sie so freundlich wie möglich, ich ahnte, dass es um meinen neuen Freund ging.
„Es betrifft den Drachen“, antwortete sie überraschenderweise und fuhr dann fort:
„Wahrscheinlich ist er jetzt auf dich geprägt.“
„Was heißt das?“
„Nun ja, da du erste auf der Welt warst, den er gesehen hat, ist es gut möglich, … dass er dich als eine Art… Mutter ansieht.“
Augenblicklich schnellte ich hoch.
„Was?“
„Es wäre schön, wenn du dich um ihn kümmern würdest.“
Oh Gott. Was für eine Albtraumvorstellung. Die anderen kriegen sich vor Lachen nicht mehr ein.

Der nächste Tag beginnt mit einem gemütlichen Frühstück im Wohnzimmer. Der große Babydrache liegt erwartungsvoll auf dem Teppich vorm Kamin und wedelt aufgeregt mit dem Schwanz, als er mich sieht.
Ich kraule ihn liebevoll am Kopf, erfreut darüber, etwas Schlaf bekommen zu haben, und bemerke zwischen den kleinen Ohrlöchern zwei gebogene Widderhörner.
In den letzten Stunden ist der Kleine nicht über das Fohlenlevel hinausgekommen, doch wie zu erwarten, staunen die anderen nicht schlecht beim Anblick der enormen Größe des Riesenbabys.
„Was frisst denn so ein Drache eigentlich?“, frage ich Annikki, die, nun wieder mit Schürze, in der Küche steht und Pfannkuchen wendet.
Andy holt Teller, um den Tisch zu decken und grinst übers ganze Gesicht.
Ich erinnere mich an die letzte Nacht und erwäge, ihm an den Hals zu springen, doch Dina erscheint im Türrahmen und hält mich davon ab.
Sie kämmt sich fröhlich das Haar und hat sich zu meiner Verwunderung bereits angezogen.

Gerade sie, die sonst länger schläft, als wir alle zusammen. Oder mal gar nicht. ‚Schlafen können wir, wenn wir tot sind', ist ihr Motto, wenn eine Party ansteht. Und am nächsten Morgen ist sie dann tot.
„Ich habe ihm gestern Abend noch Haferbrei gegeben", antwortet Annikki und rührt konzentriert in einer Schüssel.
„Warum?", fragt Dina verwundert und bindet sich einen Pferdeschwanz.
„Damit er groß und stark wird", erklärt Annikki, „die meisten Drachen fressen nämlich kein Fleisch. Sie sind Vegetarier."
Dina macht große Augen. So ist das also.
„Du nimmst deine Mutterrolle aber ganz schön ernst", lächelt Annikki und sieht mich dabei an.
„Immerhin ist es sein erstes Kind!", verteidigt mich Andy und diesmal stürze ich mich wirklich auf ihn.
„Sei ja still, ich rat es dir! Immerhin hast du noch keinen Drachen großgezogen!", empfehle ich, ihn im Schwitzkasten haltend.
Doch er lacht noch immer.
„Darf ich dir einen Tipp geben?", fragt er und befreit sich aus meinem Griff.
Dann bringt er sich zwei Schritte in Sicherheit und ergänzt: „Lass ihn doch ruhig allein wachsen."
Dina kichert und verliert beinahe ihr Geschirr, als Andy ihren Weg zum Esstisch unterbricht, um vor mir zu flüchten.
Das hat ein Nachspiel, kleiner Bruder, verspreche ich ihm in Gedanken und mache mich vergnügt daran, Dina beim Tischdecken zu helfen.
„Wie soll er denn eigentlich heißen?", fragt sie mich und deutet auf das zusammengerollte Bündel auf dem Fußboden, was uns von unten mit großen Augen ansieht.
Ich öffne den Mund, um zu erwidern, dass ich mir darüber noch keine Gedanken gemacht habe, aber Annikki fällt mir ins Wort.

„Wir nennen ihn Eclipse“, teilt sie uns sachlich mit, als hätte sie es schon Wochen vorher festgelegt, „nach seinen Augen.“
„Wieso das denn?“, fragt Dina verwirrt.
Wer sonst.
„Sie sind so dunkel, irgendwie unergründlich. Ich finde es passend.“
Ich sehe dem Drachen in die glänzenden schwarzen Knopfaugen und pflichte ihr dann bei.
„Tiefschwarz. Man spiegelt sich nicht einmal selbst darin.“
„Es ist seltsam, nicht wahr?“
„Faszinierend.“
Dann gesellt sich Andy mit Piper wieder zu uns, anscheinend hat er sie geweckt. Ich drohe ihm spielerisch mit der Faust, woraufhin er den Kopf einzieht.
Und auch Brendan torkelt nun schlaftrunken im Pyjama ins Zimmer, blind von der Dunkelheit, sich die Augen reibend.
„So, jetzt gibt es aber Frühstück“, flötet Annikki gut gelaunt, und ihre Flügel flattern fröhlich, als sie uns ihre Kreation präsentiert.
„Pfannkuchen mit Sirup und Schlagsahne.“

Nach dem Frühstück hält Annikki uns zur Eile an. Piper hilft ihr beim Abwaschen, während Andy das Geschirr abräumt. Brendan macht sich daran, sich anzuziehen und ich begebe mich in mein Zimmer, um zu packen.
Dina findet Zeit, sich um Clip zu kümmern, wie sie ihn liebevoll nennt, und gibt ihm die Reste vom Essen.
Es war köstlich.
Und wie zu erwarten, schauen auch wieder ein paar Vilvuks aus den Löchern in der Wand, um nachzusehen, ob sie etwas abstauben können.
Dann machen wir uns auf den Weg.

XIX
Joice

Nachdem ich Gillian nicht gesagt habe, ob ich sie liebe, ist sie gegangen.
Ich erklärte:
„Vampire kennen keine Liebe.“
Sie erwiderte:
„Vielleicht doch“, und ging.
Sie nahm ihren Hund Swift, ihr Einhorn und eine Hand voll ergebener Vampire, dann machte sie sich auf ihren Weg.
Aber ich weiß, dass sie ihn nicht kennt.
Ihr wird nichts anderes übrig bleiben, als mir zu folgen. Und das wird sie wahnsinnig machen.
Nun habe ich sie zu dem Weltentor geführt und schreite hindurch, mithilfe des Einhorns, das es mir erlaubt, in andere Welten zu reisen außer dieser.
Gillian und ich wurden in der Realität der Menschen geschaffen und können nicht ohne weiteres fort von hier. Wir stammen von Flüchtlingen ab, die keine Möglichkeit mehr sahen. Aber nun kehren wir zurück in die Heimat.
Die Einhörner kommen aus dem mittleren Reich, sie sind nicht hier geboren.
WIR holten sie hierher und wir schaffen sie auch wieder hinüber.
Es ist somit ein Recht von uns, auf die Einhörner zu bestehen, was wären die Krieger des Horns ohne Einhorn?
Sie sollen sie nur schützen in der Menschenwelt, die letzten Einhörner. Sie sind der Menschen Eigen und doch zerstören sie es.
Was sind das für Menschen.
Verzeih, ich vergaß zu bedenken, dass ich ja selbst Fleisch und Blut einst eben dieser Menschen war. Dieses Geschlechts, das sich nicht erhalten kann. Das vorsorgt für Generationen und deren Untergang gleich mit organisiert. Das sich nicht kümmert um Dinge, die am wichtigsten sind.

Das einfach so wie ein winziges Kapitel in der Weltgeschichte auftaucht und schneller als jedes andere wieder verschwindet.
Ich kann gehen, wenn es soweit ist, doch was ist mit ihnen? Wandern sie zum Mars aus?
Was sind das für Menschen?
Die flüchten, in den Tod oder das ewige Leben, vor sich selbst und dem Leid. Denn sie tragen mehr Leid in sich, als jedes andere Wesen. Unendlich viel Leid. Und sie haben mehr Möglichkeiten, es zu verhindern, als jedes andere Wesen. Unendlich viele Möglichkeiten.
Was soll da ein Einhorn?
Es bringt Freude, Liebe, Glück. Träume und Fantasien. Doch was damit? Verzeih, man ist ein Mensch. Freude, diese Dinge gibt es nicht in unserer Welt! Kann es nicht geben! Oder darf es nicht? Einhörner sind die pure Einbildung, schafft sie hinaus aus dieser Welt!
Und wohl das ist es, weshalb ich meine Seele dieser Gesellschaft entsagte. Eher soll sie verdammt umherirren für alle Ewigkeiten oder zugrunde gehen, als den Menschen in ihrem blinden Marsch folgen.
Was sind das nur für Menschen!
Und was für Götter, die sie erschaffen haben – lächerlich! Nicht umsonst ist die dunkle Macht stärker als die der Oberwelt. Was sich eben durchsetzt. Erkennt ihr euer Versagen, Götter? Dieses naive Streben, nur Gutes für die Welt zu wollen. Himmel, wie das wehtut! Nichts, wie fort von hier.
„Öffnet das Tor!“
Das Einhorn trägt mich flink voran. Trägt mich, obwohl es doch so gern gegen mich ankämpfen möchte.
Und gegen Gillian, die sich bald, sehr bald, dazu durchringen wird, sich mir erneut anzuschließen.
Aber nun ist sie hinfort und ist beleidigt. Erschrocken und befremdet, den Menschen doch so nahe zu sein. So nahe, wie viele Vampire. Die keine sind.

Noch ist nichts verloren. Fragt sich nur, wie sie sich entschließt. Wird sie mir folgen und ihren Stolz hinunterschlucken und auf Knien zu mir zurückkehren, flehend, sie wieder aufzunehmen?
Warten, dass ich komme, wird sie wohl nicht. Oder soll sie gar davonlaufen, hinaus in ihre eigenen Fehler, gänzlich mangelnder Erfahrung! Aber sich ergeben, mir die Genugtuung verschaffen, ihr den gescheiterten Alleingang ein Leben lang vorzuhalten? Ein Leben lang?
Oh, ein Vampirleben ist nicht das einer Wölfin, bei weitem! Doch sie hat noch viel zu lernen, unsere Wölfin auf der Jagd. Wenn sie keine sein will.
Die Einhörner sind wunderbare Geschöpfe. Wesen, die sie brauchen wird, genau wie die Menschen. (Obwohl die, wie wir wissen, nicht denken, dass sie sie wirklich brauchen.) Aber was ist denn ein Mensch ohne seine Träume? Das kann kein Mensch sein.
Aber wer verschenkt schon Wesen wie Einhörner blind an Dämonen, um um ihre Gunst zu werben?
Niemand natürlich, der von klarem Verstand ist.
Auch ich nicht.
Sie hat in der Tat noch eine Menge zu lernen, unsere Wölfin.
„Schließt das Tor!“

Annikki geht vor der Abreise noch einmal mit uns auf die Lichtung zurück, auf der wir am Vortag saßen und rätselten, wo wir sie wohl finden.
Die wenigen Gegenstände, die wir in der Nacht benötigt haben, sind schnell wieder in den Rucksäcken verstaut, und wir folgen ihr, voller Erwartung, was sie uns zu sagen hat.

Sie trägt jetzt nicht mehr das kurze Kleid von gestern, sondern hat es gegen ein langes, ebenfalls grünes Gewand und Hosen eingetauscht, die zum Reiten bequemer sein dürften.
Als wir alle draußen versammelt sind, öffnet sie den Deckel einer schuhkartongroßen himmelblauen Holzkiste und kündigt uns das am Vortag versprochene Geschenk an. Ich warte schon die ganze Zeit darauf.
Dann lässt sie ihren Arm fast bis zur Schulter darin verschwinden.
Ich blinzele überrascht.
Geht das denn?
„Auch wenn unser Feind hauptsächlich die Vampire sein werden, müssen wir davon ausgehen, dass wir es auch mit anderen Angreifern zu tun haben. Der Weg zu Lilith ist weit und ich möchte nicht, dass wir vor unserem Ziel scheitern.
Ich weiß, dass ihr ein Zeichen besitzt, das die Vampire bannen kann, ihr tragt es ja alle deutlich sichtbar um den Hals."
Ich sehe an mir herunter. Es ist kein Kreuz, das wir haben, sondern das *Shel*.
Es sieht aus wie eine Windrose oder Sonne. Um einen kreisrunden Rubin sind vier, jeweils gegenüberliegende, goldene Zacken angeordnet und zwischen ihnen befinden sich vier kleinere.
Ein Amulett, das Destiny uns vor einiger Zeit zur Verteidigung gab. Das Symbol für Schutz. Man kann es werfen, oder sich mittels gebündelter Sonnenstrahlen, die wie Laser wirken, verteidigen.
Es ist absolut tödlich. Und wirksam gegen alle dunklen Mächte.
Natürlich habe ich es vergessen.
Es ist mir ein bisschen peinlich, dass ich es bei allen anderen entdecken kann, ich vermute das Schmuckstück irgendwo tief in meinem Rucksack.

„Oder sagen wir, fast alle“, verbessert sich Annikki und sieht mich tadelnd an, lässt sich aber auf keine weitere Diskussion mit mir ein.
Ist ja gut, ich denke nächstes Mal dran. Hoffentlich.
Jetzt zieht sie endlich ihre Hand aus der komischen Kiste, und mit ihr etwas, was darin gewesen zu sein scheint.
Ein Schwert.
„Wahnsinn!“
Brendan lässt einen bewundernden Pfiff vernehmen.
„Das ist ja interessant. Ein vierzig Zoll langer Anderthalbhänder, würde ich schätzen. Und natürlich zweischneidig. Aber woraus ist die Schneide?“
Alles klar. Auf den ersten Blick zu erkennen. Was auch sonst. Echt cooles Käsemesser. Wirklich überaus interessant.
„Das ist *Shiraana*“, informiert uns Annikki, „merkt euch den Namen, auch wenn er euch belanglos erscheinen mag. Ihr bekommt es alle.“
Sie reicht die Waffe an Brendan weiter, der sie genauer in Augenschein nimmt.
Ich versuche mal, die Sachlage aus meiner Sicht zu schildern: Wir haben hier ein Schwert vor uns. Die Klinge ist weiß und ziemlich lang. Sie scheint aus irgendeinem hellen Stahl zu bestehen.
Der Griff sieht aus wie Elfenbein und ist dem Horn eines Einhorns nachgebildet, an den Seiten des komischen Querbalkens, den mir Brendan mit Parierstange erklärt, zieren ihn zwei Einhornköpfe, zwischen ihnen ist ein blauer Edelstein eingelassen. Außerdem ist die Schneide mit einer schmalen Rinne und einer Reihe seltsamer, geschwungener Schriftzeichen versehen, die untereinander eingraviert sind. Es könnte vielleicht so etwas wie eine asiatische Schrift sein.
Als ich mein Schwert in der Hand halte, leuchten die Zeichen auf, und ich weiß instinktiv, dass es nur für mich bestimmt gewesen ist.

Was für ein merkwürdiges Gefühl.
Shiraana strömt eine Magie aus, die meinen ganzen Körper durchfährt wie eine elektrisch kribbelnde Hitzewelle. Der Griff glüht beinahe und ich will es intuitiv fallen lassen, doch es gelingt mir nicht. Es ist fest in meiner Hand verankert.
Den anderen scheint es ebenso zu gehen, auch sie verraten mir nicht, was ich tun soll.
Doch mit einem Mal lässt das Gefühl nach und das Schwert fällt ins weiche Gras.
Meiner Hand geht es gut.
Ich frage mich einen Moment lang, ob man ernsthaft von mir erwartet, damit umgehen zu können, doch Robin unterbricht mich in meinen Gedanken.
Shiraana gefällt ihm wohl und er beginnt, mit Andy einen Kampf auszutragen, dem ich anscheinend im Weg stehe.
Furchtbar, diese Kinder.
Piper lacht über ihr Spielchen, doch Annikki ermahnt sie, doch bitte ernst zu bleiben. Wir sind hier nicht zum Rumalbern.
Nein, das sind wir wirklich nicht. Langsam wird's echt ernst.

Wir verbringen zwei Stunden damit, die Grundtechniken des Schwertkampfes zu erlernen, die ich dafür nutze, allein das Aufheben desselbigen zu festigen.
Es ist aber auch verdammt schwer.
Danach üben wir das erfolgreiche Geradehalten. Darin bin ich nicht ganz so gut.
Ich glaube, ich werde das *Shel* in Zukunft bei mir tragen.
Die Jungs stellen sich gar nicht so schlecht an, wie ich es erwartet habe, und Annikki meint, dass wir eine Menge Zeit sparen können.
Sogar aus Piper kann eine ganz passabler Schwertkämpferin werden, mit ein bisschen Übung.
Ich bin ein hoffnungsloser Fall.

Ich warte die ganze Zeit auf einen Satz. Bitte!
„Das reicht fürs erste“, befindet Annikki schließlich und hört endlich auf, mich zu attackieren.
Meine Arme schmerzen vom anstrengenden Training und ich schleppe mich mühsam und vertrocknet in die Küche, um etwas zu trinken.
Wasser!
Wenig später brechen wir auf.

„Wisst ihr, was das ist?“, fragt Annikki uns, auf die seltsame Zauberschachtel von vorhin deutend. „Eine Schluckkiste.“
„Achso.“
Ich nicke scheinbar befriedigt. Natürlich eine Schluckkiste, ich hätte es mir denken können.
Dann überlege ich, was uns wohl erst alles erwarten wird, wenn wir in den Ewigen Welten sind.
Wahrscheinlich liegt das jenseits meiner Vorstellungskraft.
Aber ich werde mich nicht abschrecken lassen.
Ich will mein Einhorn zurück!
Wir holen die Pferde aus dem unsichtbaren Stall und beladen sie mit unserem Gepäck. Die armen.
„Eine Schluckkiste ist so ziemlich das Beste, was uns passieren kann“, beginnt Annikki erneut, „gebt mir eure Schlafsäcke und ich hole noch ein Zelt aus dem Haus.“
Mit den Worten verschwindet sie.
Ich frage Piper, was wohl die Vilvuks tun, während wir weg sind, doch sie hat auch keine Ahnung. Wahrscheinlich suchen sie sich etwas anderes zum Wärmen. Vielleicht können sie in den Sommerteil des Waldes umziehen. Falls dort nicht schon andere Wesen leben.
Wie zum Beispiel die Pooka, die einen ständig bestehlen wollen.
Annikki kehrt zurück und führt das versprochene Zelt mit sich. Ein gelbliches, zusammengerolltes Bündel.

„Es passen sieben Personen rein“, verkündet sie stolz, „und es ist nicht einmal von den gestreiften Zeltmotten angefressen! Die kommen hier hin und wieder vor und fressen Zelte an.“
Ich bedaure unser Packpony Cheyenne.
Andererseits ist es schon nicht schlecht, so ein Zelt dabei zu haben. Wir dachten auch erst darüber nach, bevor wir aufbrachen, stuften es dann aber als entbehrlich ein.
„Und wohin damit?“, fragt Robin, der seinem Minielefanten Clip ein Seil um den Hals gelegt hat, um ihn nebenher zu führen.
Der Drache ist mal wieder am Fressen.
„Kein Problem, wir stecken alles in die Schluckkiste rein. Gebt mir das sperrige Zeug!“
Wir reichen ihr die Schlafsäcke und zusammen mit dem Zelt verschwinden sie in dem hölzernen Schuhkarton.
Sehr praktisch.
Nun sind die Pferde viel weniger belastet. Wirklich eine super Schluckkiste. Wo bekommt man so was?
„Aber jetzt müssen wir wirklich los!“, erinnert uns Annikki und befestigt die Schachtel auf Cheyennes Rücken, um sich dann selbst dahinter auf das blanke Fell zu schwingen.
„Du willst doch nicht etwa das Pony reiten?“, fragt Brendan.
„Was glaubst du denn? Ich laufe doch nicht hinter euch her!“
„Was ist denn eigentlich unser Ziel?“, will Andy wissen und sitzt ebenfalls auf.
„Als erstes müssen wir über die Schwelle, um in die Ewigen Welten zu gelangen.“
„Ist es weit bis dorthin?“
„Keineswegs. Wir sind schon da.“
Wir machen verwirrte Gesichter.
„Ganz einfach: Das Tor zum mittleren Reich ist der See.“
„Der See?“, frage ich. „Wie kann das denn sein? Ein See als Tor?“

„Warum denn nicht? Um über die Schwelle zu kommen, müssen wir einfach in ihn hineinreiten und bis zur Mitte schwimmen. In null Komma nix sind wir da, ihr werdet schon sehen."
„Was ist denn aber", fragt Andy, „wenn angenommen jemand, oder ein Tier, nicht schwimmen kann?"
Er wirft einen Seitenblick auf den kauenden Clip.
„Dann sollte man sich wohl eine andere Schwelle suchen, es gibt ja noch genügend. In Rumänien, Griechenland, Ägypten, Irland oder England, beispielsweise, um mal die wichtigsten zu nennen. Eigentlich überall auf der Welt. In Schottland ist doch auch so ein See…"
„Loch Ness", ergänzt Piper.
„Ja! Oder kennt ihr Stonehenge? Aber, was den Drachen betrifft, habe ich keine Bedenken, dass er uns aufhalten wird. Im Gegenteil, ich glaube sogar, er kann uns noch von Nutzen sein. Wir werden es sicher nicht bereuen, ihn mitgenommen zu haben."
Wir wenden unsere Pferde und treiben sie die seichte Böschung hinab auf das Ufer des Gewässers zu.
Clip stürmt sofort hinein und reißt Robin beinahe den Strick aus der Hand.
Die Einhörner zögern.
Vorsichtig setzt Dragón einen Huf in das klare Wasser, geht aber dann zügig voran.
Und auch das Pony Cheyenne und mein Mustang folgen den anderen schließlich, wenn auch eher widerwillig.
Es ist der Herdendrang, der die Pferde vorantreibt.
Und der Wille der Reiter.
Mit jedem Schritt wird der See tiefer und nach einer halben Minute erreichen meine Füße den Wasserspiegel.
Ich schreie beinahe und bemerke, wie auch Piper neben mir zusammenzuckt.
Es ist eisig.
„Drüben am anderen Ufer hat der See zwanzig Grad", wirft Annikki belustigt ein, „dort ist Sommer."

Ihr scheinen diese Temperaturen überhaupt nichts auszumachen.
„Können wir nicht drum herum reiten und von drüben noch mal losschwimmen?“, frage ich fröstelnd.
Mittlerweile steht mir das Wasser am Knie. Und bis zur Mitte des Sees ist es noch ein ganzes Stück.
Viento beginnt, zu schwimmen.
Oh nein, jetzt heißt es, Luft anhalten und Zähne zusammenbeißen!
Das Wasser reicht mir bis zur Hüfte.
Und es ist kalt.
Verdammt, es ist sogar sehr kalt.
Wahnsinnig kalt!
So kalt, dass ich nicht einmal mehr in der Lage bin, zu schätzen, wie viel Grad es hat.
Aber ich kann den glaubwürdigen Berichten meiner gefrorenen Beine entnehmen, dass es höchstens minus zehn sein können.
Wir nähern uns langsam – sehr langsam – der Mitte des Sees.
Viel zu langsam, wie ich finde, aber Annikki verzieht keine Miene. Sie hält nach irgendetwas im Wasser Ausschau.
Dann scheint sie es gefunden zu haben, ihr Gesicht hellt sich auf.
„Kommt hierher, Freunde!“, ruft sie und winkt in unsere Richtung.
„Sind wir bald da?“, fragt Brendan zähneklappernd und schüttelt sich am ganzen Körper. Justo atmet kleine Wölkchen in die klare Herbstluft.
Mein Mustang wird langsamer und ich streichle ihn am Hals, um ihn davon abzuhalten, umzukehren. Jetzt sind wir so nah dran!
„Nun habt euch nicht so“, lacht Annikki, „jetzt sind wir doch fast im Sommerteil des Waldes!“
Auf der Wasseroberfläche bilden sich an einer Stelle neben Annikki und Cheyenne kleine Wellen.

Das Horn der Einhörner beginnt zu leuchten.
„Was ist los?“, frage ich und vergesse für einen Moment, zu zittern.
„Bleibt ruhig“, meint Annikki, „das ist der Hippocampus.“
Andy schwimmt mit Dragón etwas näher an sie heran.
Dann bricht die Oberfläche des Wassers auf und ein Pferdekopf taucht daraus empor. Ich mache mich groß, um etwas tiefer sehen zu können, der See ist so klar, dass man beinahe den Grund erkennt.
Der Kopf zeigt nun auch seine Vorderbeine und mir fällt auf, dass es gar kein richtiges Pferd ist.
Es hat eine blaugrün schimmernde Färbung und statt einem Fell nur nackte, glatte Haut, die an Hals und Rücken mit einzelnen Schuppen bedeckt ist. Seine Hufe erinnern mehr an Muscheln als an Pferdehufe und über die Fesseln spannen sich Schwimmhäute. Aus seinem Rücken wachsen zwei knöcherne flügelartige Flossen und statt Hinterbeinen besitzt es eine breite, schuppenbedeckte Schwanzflosse.
Einen Schweif gibt es ebenfalls nicht und ein Teil der Mähne treibt weich und algenartig im Wasser. Der Rest klebt trocken und zusammengeschrumpft am Hals des Tiers.
Seine Nüstern sind scheinbar von innen mit Hautklappen versehen, mit denen sie sich unter Wasser schließen lassen, die Ohren sind sehr klein.
Es sieht uns aus schwarzen, weißumrahmten Pupillen an und schnaubt.
Das also ist ein Hippocampus.
Eine Art Pferdefisch. Aber was will er von uns?
Dann beginnt er, leise zu uns zu sprechen, ohne das Maul zu bewegen.
Ich bin der Hüter der Schwelle, sagt er stumm.
Brendan sieht mich fragend an. Ich zucke mit den Achseln. Keine Ahnung, was hier vor sich geht. Nie von einem Hüter der Schwelle gehört.

Ich überwache, wer in diese oder jene Welt hinüberwechselt. Ihr wollt in das mittlere Reich. Ich sehe, ihr bringt Wesen von dort mit euch.
Das Flossenpferd sieht von einem zum anderen und schwimmt dabei mit langsamen, rhythmischen Bewegungen auf der Stelle. Sein Blick bleibt schließlich auf Annikki gerichtet.
Und ihr reist im Auftrag der Königin, fügt es hinzu und neigt ehrfürchtig den Kopf.
Annikki zwinkert uns zu. Im Auftrag der Königin?
Ihr dürft passieren, ich will euch nicht aufhalten.
Der Hippocampus schnaubt noch einmal und blickt Annikki ruhig in die Augen.
Sie nickt.
Er schwimmt mit wenigen Flossenschlägen zur Seite und dann in einem engen Kreis, den er immer schneller zieht und erweitert.
Er bildet einen Strudel.
Und als dieser schließlich etwa zwei Pferdelängen Durchmesser hat, schwimmt das Wesen heraus.
Jetzt hinein, schnell, ruft es und winkt uns mit dem Kopf.
„Einen Augenblick noch!“, wirft Annikki ein und wendet sich an Brendan.
„Du musst als letzter hinein schwimmen“, sagt sie, „und vorher die Zeit anhalten. Dadurch kommt ihr in derselben Sekunde zurück, in der ihr gegangen seid.“
Natürlich. Daran habe ich gar nicht gedacht.
Was hätten wohl unsere Eltern gedacht, wenn wir eine Ewigkeit nicht wiedergekommen wären?
Wirklich eine geniale Idee!
Brendan stimmt zu und Annikki schwimmt mit dem Pony in den Strudel hinein. Sie sinken schnell tiefer und sind im nächsten Augenblick verschwunden.
Robin folgt ihr, ohne zu zögern, dann Andy, nachdem er sich mit einem Blick auf Piper vergewissert hat, dass sie und Luna auch sicher sofort hinterherkommen.

Und was ist mit mir?
Brendan lässt mir den Vortritt und ich nehme meinen Mut zusammen. Viento schwimmt zügig auf den Strudel zu. Das Tor zu den ewigen Welten.
Und meine Beine fallen ab.
Jetzt geht es los.
Mein Herz steckt mir im Hals und ich klammere mich panisch am Sattel fest.
Auf geht's. Fortuna, ich komme!
Dann verschluckt uns eine Flut tiefster Dunkelheit. Ich halte instinktiv den Atem an, doch bemerke schnell, dass wir uns auf festem Boden befinden.
Ich reite durch einen kurzen Tunnel einem schwachen Lichtschein entgegen.
Das ist mein Ende!
Aber plötzlich erkenne ich Brendan neben mir und vor uns ein paar schwache Umrisse.
Ich bin nicht allein.

XXI
Stride

Als wir das andere Ende des Tunnels erreichen, ist es plötzlich dunkel. Das heißt, an sich ist es noch hell genug, um das Gebiet ohne Anstrengung überblicken zu können, aber die Tageszeit hat auf jeden Fall schon ein fortgeschrittenes Stadium erreicht.
Wir befinden uns in einem See in den Ewigen Welten. Oder wohl eher in einem Tümpel.
Der Himmel ist wolkenbehangen und verleiht der sumpfigen Gegend eine noch ödere und depressivere Stimmung. Die Sonne ist vollkommen verdeckt, aber ich erahne sie ein Stück weit über dem Horizont.
Alles ist grau.
Um mich herum breitet sich eine karge Landschaft aus, die ab und an von Tümpeln und abgestorbenen Bäumen durch-

zogen ist. Einige Sträucher säumen das Ufer des Weihers, in dem ich mit meinem Einhorn schwimme, und auch das trübe Wasser ist bewachsen.
Falls man überhaupt von Wasser sprechen kann.
Faltige, rostrote Baumstämme ragen heraus, doch die meisten liegen quer und scheinen zwischen den Binsengräsern zu versinken.
Tot.
Nichts Lebendes mehr in dieser Einöde.
Und uns könnte es ebenso ergehen.
Ich treibe Dragón auf das Ufer zu und sehe mich nach den anderen um.
Robin schwimmt neben mir und hat Mühe, Clip zu halten, der ihm weit voraus ist und nicht vorhat, auf ihn und Destino zu warten.
Er liebt das Wasser. Und wahrscheinlich hält er diese grüne, stinkende Deckbrühe für etwas Ähnliches.
Nach wenigen Sekunden ist er am Ufer angekommen und hat Robin seinen Strick aus der Hand gerissen.
Es ist interessant, mit anzusehen, wie mein Bruder sich am Hals seines Pferdes festklammert, um das Seil nicht loslassen zu müssen, das er dem Drachen umgelegt hat.
Doch schließlich muss er nachgeben.
Ein durchaus nicht geringfügig unterhaltsamer Anblick.
Ich lache mich kaputt.
Auf einer grasbewachsenen Erhebung steht Annikki mit Cheyenne und wartet auf uns. Fröhlich wie immer und erfreut mit ihren Flügeln flatternd, sitz sie auf dem nassen Rücken des Ponys hinter der Schluckkiste. Die Mähne klebt an Cheyennes Hals, doch das scheint sie nicht zu stören.
Sie probiert von den Sumpfgräsern.
Clip klettert aus dem Wasser und schüttelt sich ausgiebig. Doch dann blickt er sich nach Robin um und springt erneut in den Tümpel, um zu ihm zu kommen.
Wir gehen an Land.

Jetzt entdecke ich Piper an der Stelle, wo ich mich vorhin befand, als ich aus dem Tunnel kam. Gleich darauf erscheinen auch Dina und Brendan wie aus dem Nichts.
Sie sind von einem Moment auf den anderen plötzlich da und schwimmen mit ihren Pferde auf uns zu.
Während Robin dabei ist, seinen Drachen einzufangen, frage ich Annikki, was mit der Tageszeit passiert ist – es kann hier doch nicht immer so dunkel sein, oder?
„Wenn man über die Schwelle tritt, büßt man einige Stunden ein“, antwortet sie, „das war die Zeit, in der wir den Tunnel durchquert haben.“
Robin will etwas entgegnen, höchstwahrscheinlich, dass es sich nur um Sekunden handelte, aber Annikki ist noch nicht fertig.
„Er kommt einem kurz vor, aber da er sich zwischen den Welten befindet, herrscht dort ein anderes Zeitverhältnis. Es ist schwierig zu erklären, aber die Tageszeit wechselt auch hier. Es gibt eine Nacht mit Mond und die Tage sind so lang wie unsere. Es ist ja dieselbe Erde, nur die Welt ist ein andere.“

Annikki war dafür, noch vor Einbruch der Dunkelheit so weit wie möglich aus dem Sumpf herauszureiten, also brachen wir eilig auf, sobald wir wieder zusammen waren.
„Es ist sicherer, nicht im Herzen des Gebiets zu übernachten“, meinte sie, „ich will versuchen, die Inselebene zu erreichen, dort scheint es mir ungefährlicher als hier.“
Wir hatten dem nichts entgegenzusetzen. Und so folgten wir einer staubigen Straße, die zunächst in die Richtung führte, die wir eingeschlagen hatten und laut Annikki in einer sagenhaften Stadt endete, die man von hier aus in drei Tagen erreichen kann.
Doch wir verlassen sie vorher, unser Ziel liegt in einer anderen Richtung.
Von Zeit zu Zeit wurde die Straße, auf der wir uns bewegten zu einem schmalen Feldweg und schließlich zu einem

engen Pfad, der es nicht zuließ, weiterhin nebeneinander her zu reiten. Hin und wieder löste er sogar sich auf, um dann wenige hundert Meter weiter von neuem zu beginnen.
„Die Straße ist hier nicht sehr gut“, entschuldigte Annikki, „die wenigsten nehmen den Gebirgspass, um nach Dracgstadt zu gelangen.“
Ich fragte mich, wer diesen Weg angelegt hatte. Wesen, die von überall herkamen, um diese Stadt zu besuchen?
Ich war gespannt.
So ritten wir eine ganze Weile vor uns hin. Manchmal im Trab, dann wieder im Schritt und ziemlich oft im Galopp, um möglichst bald zur Inselebene zu kommen.
Sie trägt ihren Namen zu Recht.
Wenig später waren wir in einer felsigeren Gegend unterwegs, die von bewaldeten, mehreren hundert Fuß langen, inselartigen Erhebungen durchzogen war. Die Bäume sahen frisch und grün aus, doch weiteres Leben war nirgends zu erkennen.
„Weiter kommen wir heut ohnehin nicht“, sagte Annikki mit einem Blick auf die untergehende Sonne, „lasst uns das Zelt aufbauen, solange wir noch was sehen können.“
Wir verloren keine Zeit und beschlossen unser Nachtlager etwas abseits des schmalen Pfades auf einer der Felsinseln zu errichteten.
Die Pferde banden wir an die Bäume am Fuße des Hügels, anschließend holten wir das Zelt aus der Schluckkiste.
Robin brach mittels seiner Konzentrationskraft ein paar Äste hoch über uns ab, um Feuerholz zu haben.
Er rechtfertigte sich damit, testen zu müssen, ob seine Fähigkeiten in den Ewigen Welten noch funktionierten. Er liebt es, damit herumzuspielen.
Brendan fragte Annikki, was nun eigentlich mit dem Hippocampus war. Musste er auch stillstehen?
„Das glaube ich nicht“, antwortete sie, „auf ihn wird dein Zauber keine Wirkung haben.“
Brendan atmete aus.

„Es hätte mir auch Leid getan“, sagte er, „überhaupt finde ich es immer ein bisschen traurig, die Zeit anhalten zu können, wenn ich sehe, wie alle anderen dann versteinern.“
„Ich glaube, deine Gabe wird hier nicht so oft zum Einsatz kommen“, sagte Annikki, „die anderen haben alle Eigenschaften, sie nur sie selbst betreffen – durch Wände gehen, oder Dinge schweben lassen, meinetwegen –, aber die Zeit anzuhalten ist in einer Welt voller Magie nahezu unmöglich. Zumindest für einen normalen Menschen.“
Brendan nickte. Natürlich kaum erleichtert darüber, seine stärkste Verteidigung verloren zu haben. Und ich sah ihm an, dass er seine Fähigkeit einzusetzen versuchte.
Normale Menschen.
Sind wir das?
Ich verspürte das Bedürfnis, aus der nassen Hose herauszukommen, und zog mich in das Zelt zurück.
Es ist wirklich geräumig, man kann ohne Probleme aufrecht darin gehen und sicher auch mit Leichtigkeit sieben oder acht Klappbetten darin unterbringen.
Doch selbst mit der Kiste hätten wir wahrscheinlich keine transportieren können. Aber wenigstens hatte ich eine zweite Hose.
Den ganzen Weg hierher waren wir keinem einzigen Wesen begegnet. Wo waren die Geschöpfe, die diese Welt so phantastisch machten?
Ich grübelte noch eine Weile, während ich mich umzog, doch plötzlich entstand eine seltsame Aufregung vor dem Zelt, die mich wieder nach draußen lockte.
Auf einen entsetzten Laut von Dina war eine angeregte Diskussion gefolgt.
Alle standen um Robin herum, der ein seltsames, stachliges Tier am Schwanz hochhielt.
Es hatte sehr lange Krallen an den Füßen und eine ebensolche, dünne Schnauze mit Barthaaren. Die Ohren waren im Verhältnis zu dem restlichen Tier sehr groß und liefen spitz nach oben zu. Auf dem Bauch besaß es eine Art Brustplatte

aus Horn und der Rücken war übersät mit unzähligen beweglichen Stacheln. Aus der Schnauze schauten zwei Reihen scharfer Zähne und es knurrte Robin grimmig an, wobei es um sich biss und mit dem nackten Rattenschwanz schlug, um freizukommen.
Eben hatte ich mir noch gewünscht, endlich etwas Lebendes zu entdecken und nun war es da.
Das ging aber schnell.
„Das ist ein Fenlin", erklärte Annikki gerade, „mit denen ist nicht zu spaßen, sie sind hochgiftig."
„Siehst du", rief Dina, „dann können wir es sowieso nicht essen!"
„Essen?", fragte ich mit einem Blick auf das katzengroße Geschöpf, das noch immer drohte und schnappte.
„Robin kam auf die Idee, uns ein Abendbrot zu besorgen", erklärte mir Brendan und Piper erkundigte sich, wo er es herhatte.
„Es fiel vom Baum", sagte Robin und ergänzte nach einem Blick in unsere ungläubigen Gesichter:
„Nachdem ich daran geschüttelt habe."
Dina schnaubte verächtlich durch die Nase.
„Es ist mir egal, wo er es herhat, *ich* werde es jedenfalls *nicht* essen!"
Piper legte mitleidig die Stirn in Falten.
„Das arme Tier. Jetzt entscheidet euch doch mal! Wenn es noch lange hier rumhängt, braucht ihr es nicht mehr laufen zu lassen."
„Was glaubt ihr, wovon wir uns ernähren sollen?", verteidigte sich Robin weiter, und Annikki gab ihm Recht.
„Das stimmt, die restlichen Brote können wir uns für morgen aufheben. Sieh mal, ob du noch eins fangen kannst!"
„Und was ist mit dem Gift?", fragte ich und Dina nickte heftig, während sie zu einem weiteren Protestversuch ansetzte.
„Giftig ist nur der Biss", meinte Annikki, „das Fenlin an sich ist eine Delikatesse."

Dinas Mund klappte zu.
„Macht doch, was ihr wollt!“, murmelte sie ärgerlich und wandte sich ab, um ins Zelt zu gehen. „Ich esse es auf keinen Fall, das ist ja eklig!“
Und als sie drinnen war, rief sie hinterher:
„Eher werde ich Vegetarier!“

Dina aß Brot. Und sie setzte sich demonstrativ abseits der Feuerstelle, als Robin die beiden seltsamen Tiere über der Flamme schweben ließ.
Es war ihm nicht schwer gefallen, noch ein zweites Fenlin zu fangen, sie schienen überall auf den Bäumen zu sitzen und nur darauf zu warten, dass sie jemand herunterschüttelt.
Und sie schmeckten tatsächlich nicht schlecht.
Ein bisschen wie Schwein, nur zarter und trockener. Und ihr Fleisch war wesentlich heller.
Außer Dina sträubte sich auch niemand mehr dagegen, sie wirklich zu essen. Piper hatte eingesehen, dass sie etwas zu sich nehmen musste, und versuchte, Dina ebenfalls umzustimmen. Aber vergebens. Da war nichts zu machen.
Dann ernährte sie sich eben von Brot, wenn sie es so wollte.
Viel war es ja nicht, was sie aß, immer noch genug für den nächsten Tag.
Falls dann keine Fenlins in den Bäumen sitzen.

Später am Abend halten Piper und ich Nachtwache.
Wir beschlossen, jeweils zu zweit ein paar Stunden vor dem Zelt zu verbringen, um aufzupassen.
Das Feuer haben wir gelöscht. Es lockt Wesen an, sagte Annikki und wir stellten keine weiteren Fragen.
Piper hat sich an meiner Schulter angelehnt und sieht in die Sterne. Eingewickelt in eine Decke, die vor wenigen Minuten nach draußen geflogen kam.
Robin versucht mal wieder mit aller Macht, sich des Drachens zu entledigen, der ihn erneut davon überzeugen will, seinen Schlafplatz mit ihm zu teilen.

Es fing damit an, dass er hineinging, um sich hinzulegen, und das inzwischen beinahe pferdegroße Tier bereits auf seinem Schlafsack vorfand, mit dem Kopf voran zur Hälfte darin verschwunden.
Er sprach vom zweiten Bettkrieg, der ausgebrochen ist, und sein Schlachtplan sah folgendermaßen aus: erstens: Drachen aus dem Schlafsack und zweitens: aus dem Zelt bekommen.
Seitdem kämpfen sie.
Dina ist hocherfreut über Clips Triumph und Annikki und Brendan könnten sich schräglachen, wenn sie sehen, wie Robin angestrengt versucht, Clip, der sich eifrig festgekrallt hält, rückwärts aus dem Schlafsack zu ziehen. Er hat es auch schon mit Telepathie versucht, aber der Drache ist davon sichtlich unbeeindruckt.
Man könnte direkt Mitleid mit meinem Bruder haben.
Könnte man.
„Robin als Drachenmutter, wer hätte das gedacht!“, sage ich zu Piper und sie lächelt zustimmend.
„Was für ein paradoxer Gedanke. Das passt überhaupt nicht zu ihm. Gerade er, der am liebsten pausenlos bewundert wird und nie eine Gelegenheit auslässt, mit einem Mädchen zu flirten… Selbst wenn ich es bin“, fügt sie nach einer kurzen Pause hinzu und ich frage sie scherzhaft, was das heißen soll. Sie braucht von sich wirklich nicht in diesem Ton zu reden.
Robins coole Art kenne ich.
Und nun hat er dieses Riesenbaby auf dem Hals, das ihm auf Schritt und Tritt folgt und sogar sein Nachtlager streitig machen will. Und um das er sich tatsächlich verantwortungsbewusst kümmert.
Wer hätte das gedacht.
In diesem Moment fliegt eine Wasserflasche aus dem Zelt und kommt ein paar Meter neben uns zum Liegen. Wir sehen erst die Flasche, dann uns an, und lachen über unsere verdutzten Gesichtsausdrücke.

„Hoffentlich setzen sie unser Zelt nicht in Brand“, meine ich, aber Piper schüttelt den Kopf.
„Das geht zum Glück nicht. Drachen können nämlich gar kein Feuer spucken.“
„Nicht?“
„Nein. Annikki hat’s mir erzählt, es ist früher alles nur ein Trick gewesen. Die Drachenreiter haben ihren Tieren einen Eisenring durch die Nasenhaut gezogen und trugen dann selbst einen ähnlichen am Finger, der mit einem Stein besetzt war. So etwas wie ein Feuerstein.
Bei der Verdauung entsteht im Magen der Drachen eine Menge Biogas. Wenn nun ein Krieger mit seinem Ring gegen den in der Nase seines Tiers schlug und so einen Funken erzeugte und der Drache dann auch noch in diesem Moment rülpste, entstand eine Stichflamme, die im Mittelalter eine gefährliche Waffe darstellte.“
„Vielleicht sollten wir das Robin mal erzählen“
Ich grinse.
„Ich bin mir sicher, sie geben ein ausgezeichnetes Team ab“, lacht sie und sieht dann wieder in den glitzernden Nachthimmel hinauf.
„Dort oben gibt es, glaube ich, auch Drachen. Als Sternbilder. Der Himmel sieht überhaupt irgendwie anders aus als bei uns, findest du nicht?“
Sie deutet mit dem Finger auf die Sterne.
„Wer weiß, vielleicht sind wir ja gar nicht auf der Nordhalbkugel.“
„Oder wir sind in einer anderen Zeit… und die Sterne haben sich verändert…“
„Wer weiß.“
„Das könnte doch sein. Was ist das dort zum Beispiel?“, fragt sie und zeigt auf eine Sternengruppe links von uns.
„Wahrscheinlich der kleine Baum“, erfinde ich spontan und strecke meine Hand in eine andere Richtung aus, wo mehrere Sterne dreieckartig angeordnet sind, „und das sind die zwei Pyramiden.“

„Ja, du hast Recht. Und es steht sogar ein Kamel davor."
„Ein Kamel? Naja mit viel Fantasie!"
Sie lächelt und kuschelt sich noch enger an mich.
Drinnen ist Ruhe eingekehrt, man scheint sich auf eine demokratische Lösung geeinigt zu haben. Robin schläft nun sicherlich vor dem Bett. Oder unter dem Drachen.
„Glaubst du, dass das hier alles durchdacht ist?", fragt mich Piper plötzlich unvermittelt, als hätten wir die ganze Zeit über nichts anderes gesprochen.
Ich streiche ihr zärtlich übers Haar. Darüber habe ich schon oft nachgedacht.
„Ich meine, vier Völker… vier Jahreszeiten, vier Elemente, vier Himmelsrichtungen… Warum sollte nicht jeder dieser dunklen Kreaturen eins zugeordnet sein?"
„Das stimmt, es gibt so vieles viermal."
„Oder dreimal. Das muss doch irgendwie zusammenhängen. Und was ist mit dem Orakel? Hat sie das alles festgelegt? Vorbestimmt? Immerhin sind es ihre Kinder…"
Ich drücke sie fester an mich und küsse sie zart auf die Wange.
„Ich glaube, das Schicksal lässt sich immer irgendwie beeinflussen und sei es auch noch so schlimm. Man muss nur nach einem Ausweg suchen. Es gibt immer einen. Es muss ihn geben."
„Ich weiß nicht. Ich weiß überhaupt nicht mehr, was ich glauben soll. Früher, als ich noch ein unwissendes kleines Mädchen war, dessen Lebensinhalt einzig aus Schule, Familie und Freunden bestand, war alles noch viel einfacher. Meine größte Sorge war eine schlechte Note oder ein Streit mit meinen Freundinnen."
„Und jetzt ist da diese andere Welt. Und die Einhörner, die wir beschützen müssen, und mit ihnen die Verantwortung für die ganze Menschheit."
„Wer könnte das besser verstehen, als du."
Sie fährt mir mit den Fingern durchs Haar und ich schließe die Augen.

Es ist so schön, bei ihr zu sein.
„Ich liebe dich“, flüstere ich, und küsse sie direkt auf den Mund, als sie antwortet.
„Ich liebe dich auch.“

XXII
Eternity

Als ich aufwache, ist es draußen heller als bei unserer Ankunft. Unter der Plane hindurch versucht die Sonne, in unser Zelt einzudringen.
Ich sehe mich vorsichtig um.
Fast alle schlafen noch tief und fest, in ihre Schlafsäcke verpuppt wie Raupen, aus denen Schmetterlinge werden.
So wie Annikki.
Sie scheint allerdings nicht hier zu sein und da ich ohnehin nicht mehr müde bin, beschließe ich, ebenfalls nach draußen zu gehen.
Auf meiner Uhr drehen sich die Zeiger im Kreis. Mit rasender Geschwindigkeit – aber im Uhrzeigersinn!
Trotzdem nicht zu gebrauchen. Womöglich wäre es uns mit dem Kompass nicht anders gegangen.
Vorm Zelt begrüßt mich das strahlende Sonnenlicht. Der Himmel ist blau und wolkenlos.
Genau wie zu Hause.
Annikki finde ich an der Feuerstelle sitzend und Frühstück machend. Sie brät in einer winzigen Eisenpfanne Spiegeleier, die, den Schalen nach zu urteilen, die ich neben ihr finde, nicht unbedingt von Vögeln stammen müssen. Sie sind zu weich, fast pergamentartig, und gleichen eher denen von Reptilien als Vogeleiern.
„Was sind das für Eier?“
„Fenlins“, antwortet sie kurz angebunden und schwenkt ihre Pfanne, um das Frühstück nicht anbrennen zu lassen.

„Ich hätte es mir denken können“, antworte ich schnell, um die peinliche Stille schon im Voraus zu zerstören, die bereits dabei war, zu entstehen.
Sie lächelt. Und wieder sagt keiner was. Ich merke, wie sie nach etwas sucht, was sie mich fragen kann, während sie die Spiegeleier mit einem hölzernen Pfannenwender hin und her schiebt.
Es ist jedes Mal so, wenn ich mich mit einem Mädchen unterhalte, was ich noch nicht besonders kenne – und davon gibt es eine Menge. Sei sie nun ein Schmetterling oder nicht.
Keiner weiß, was er sagen soll.
Und dann muss meistens das Wetter herhalten.
Ich versuche mir in Gedanken zurechtzulegen, wie ich das Wetter heute finde, als Annikki mich fragt, ob sie mir denn gestern geschmeckt hätten, die Fenlins natürlich!
Ich beteuere zweimal, dass sie wirklich ausgezeichnet waren und füge nach kurzer Überlegung hinzu:
„Lass bloß Dina nicht hören, dass wir jetzt auch noch ihre Kinder verspeisen!“
Das war wirklich gut von mir, finde ich, und immerhin lächelt sie.
„Keine Angst. Ich werde ihr erzählen, es sind Vogeleier. Von richtigen ungiftigen Vögeln.“
Sie kickt die Schalen mit dem Fuß beiseite und zwinkert mir zu.
Das ist jetzt unser Geheimnis.
Mich befällt plötzlich ein aufregendes Kribbeln am ganzen Körper. Und mit einem Mal erinnere ich mich wieder an das Backenhörnchen und das Meerschwein, als das ich sie bezeichnet habe. Als ich sie noch nicht kannte.
Ich sehe sie an und plötzlich fällt mir der Werwolf wieder ein, meine Begegnung am Waldrand.
Das hat doch überhaupt nichts mit Annikki zu tun!

Ich mahne mich zur Ordnung und versuche, Klarheit in meine Gedanken zu bringen, aber ich bin vollkommen durcheinander.
Im nächsten Moment spreche ich sie direkt heraus auf ihre Flügel an und will wissen, was es damit auf sich hat, ohne mir meine Worte vorher zurechtzulegen.
„Kannst du fliegen?“, höre ich mich fragen und wundere mich über mich selbst.
Nun lacht sie übers ganze Gesicht.
„Willst du einen Beweis?“, fragt sie herausfordernd, doch ich verneine.
„Ist schon gut.“
„Du willst einen.“
„Nein, ich... glaub es dir schon... auch so, meine ich...“
„Du bist ja vielleicht durcheinander!“
In diesem Augenblick hebt sie vom Boden ab.
„Ich weiß, was du denkst“, sagt sie, im Schneidersitz einen Meter über mir schwebend, „wusstest du, dass ich Gedanken lesen kann?“
Ich starre sie mit offenem Mund an und bin noch verwirrter als vorher.
Sie sitzt in der Luft und bewegt nur ihre flatternden Flügel, als wäre sie in den Film hinein geschnitten worden.
„Was, du auch? Gillian...“
„Ich weiß. Aber Vampire können das ohnehin.“
Ich schüttle ungläubig den Kopf.
Gillian ist kein Vampir. Das heißt, sie ist einer, aber...
„Und soll ich dir noch etwas erzählen?“, beginnt sie wieder, mich mittlerweile im Liegen umkreisend.
„Was?“, frage ich und versuche, mich auf das, was sie sagt, zu konzentrieren.
„Ich war der Werwolf am Waldrand!“
„Was?“
„Ich war der Werwolf am Waldrand!“
„Sag das noch mal!“

„Ich wollte euch warnen, vor den Vampiren, und mich daher möglichst unauffällig verwandeln. Ich konnte ja nicht wissen, dass du so panische Angst vor einem Kojoten haben würdest. Zumal man einem Werwolf ja in den wenigsten Fällen am helllichten Tag begegnet."
Jetzt hat sie mich.
„Ein wirklich schöner Morgen", sage ich, um meinen Wettersatz loszuwerden.
„Du lenkst vom Thema ab."
Sie lacht. Mal wieder.
„Wie kommt es, dass du dich verwandeln kannst?"
Inzwischen habe ich mich wieder etwas in der Fassung.
„Das ist so bei Wandelfaltern."
„Ist es das, was du bist?"
„Ja, natürlich. Du kennst dich auch nicht besonders gut aus in unserer Welt, oder? Ich werde jetzt die anderen wecken, wir haben nämlich noch ein ganzes Stück Weg vor uns und daher schlage ich vor, du gehst solange den Drachen füttern, was hältst du davon?"
„Um ehrlich zu sein, nicht so viel."
„Dann tut es mir Leid für dich. Hier ist seine Schüssel."
Clip bekommt noch immer seinen Babybrei, damit er bald groß und stark wird, obwohl er meiner Meinung nach schon längst groß genug ist.
„Wo ist er denn jetzt?"
„Mit den Pferden unten in der Ebene."
Sie zeigt mit dem Finger in die Richtung, die dem Zelt entgegenliegt.
Dann fliegt sie zum Eingang.
Ich nehme die Schale und frage mich, wie Annikki es geschafft hat, sie den ganzen Weg hierher mitsamt dem Inhalt zu transportieren.
Damit den Berg hinunterzuklettern ist jedenfalls kein Zuckerschlecken.

Lebendig unten angekommen, finde ich Clip auf den ersten Blick. Er sperrt den Schnabel auf, als er mich sieht und flattert aufgeregt mit den Flügeln.
Wie Annikki.
Mittlerweile ist er so groß wie ein Pferd und die beiden Hörner auf seinem Haupt sind zu Schnecken gekrümmt.
Den Rücken säumen vereinzelte violette Hornplatten und auch seine Haut ist jetzt nicht mehr so weich wie am ersten Tag. Er fühlt sich an, wie hart gewordenes Leder.
Sagen die anderen.
Denn, ehrlich gesagt, mache ich um diesen Drachen möglichst einen Bogen, wenn es sich einrichten lässt.
Wahrscheinlich weiß Annikki das und hat mich deswegen beauftragt, Clip das Frühstück zu bringen.
Mit mir kann man's ja machen.
Vielen Dank.
Vorsichtig nähere ich mich der Monsterechse mit der Haferbreischüssel in der Hand. Er blickt mich aus großen schwarzen Augen an und öffnet sein Maul noch ein Stück weiter.
Wahrscheinlich kann er es kaum erwarten.
Ich sehe in seinen Rachen und rede mir ein, dass Drachen Pflanzenfresser sind. Die scharfen Kanten an seinem Schnabelrand sind nur dazu da, um Blätter zu schneiden... Zähne hat er ja zum Glück keine.
Ich gehe noch einen Schritt auf ihn zu und strecke langsam meine Hand nach ihm aus.
Er sieht mich unverwandt an und wackelt mit den Nasenflügeln. Er riecht wahrscheinlich.
Zaghaft berühre ich ihn mit den Fingern an der Spitze seines Mauls.
Er bewegt sich nicht, sondern sieht mich nur mit seinen großen unschuldigen Augen an.
Er fühlt sich tatsächlich an wie Leder. Und er frisst mich nicht. Jetzt kann ich lachen. Ich kraule ihn an der Stirn und hinter der Stelle, wo sich statt seiner Ohren nur zwei selt-

same Löcher befinden, die mich an Fingerhüte erinnern, nur umgekrempelt.
„Na, das gefällt dir, Kleiner, was?"
Er scheint beinahe zu grinsen. Ich halte ihm langsam die Schale hin und er beginnt sofort, den Brei zu vertilgen. Er gräbt beinahe sein ganzes Gesicht hinein und als er fertig ist, sieht er aus, als wäre er damit beworfen worden.
Die Schüssel ist noch fast halb voll, doch der Rest klebt so ungünstig am Rand, dass er es nicht allein abbekommt.
„Da werde ich dir wohl noch ein bisschen helfen müssen."
Ich löse den Schleim mit der Hand von der Schale, mit der Absicht, es ihn danach noch einmal versuchen zu lassen.
Doch er streckt seinen Hals und schleckt mit seiner langen rauen Zunge meine Hand ab.
„Du bist ja ein Fresssack!", lache ich und füttere ihm den Rest.
Eigentlich ist der Drache gar nicht so übel.

XXIII
Annikki

Ich halte die Krieger vor unserer Weiterreise noch einmal dazu an, ein paar Minuten für das Training mit dem Schwert zu opfern. Angesichts der Tatsache, dass wir uns in den nächsten Tagen in weitaus gefährlicheren Gegenden bewegen werden, ist das wirklich eine sinnvolle Idee.
Noch können wir uns eine Zeitverzögerung leisten. Und der Umgang mit dem Schwert ist wichtig für die Verteidigung.
Ich selbst trage keines bei mir, dafür aber vier Wurfmesser, die jeweils an meinen Unterarmen und Fußknöcheln in ledernen Scheiden unter der Kleidung versteckt sind, um sie jederzeit einsetzen zu können.
Das erkläre ich auch den anderen, als sie mich nach meiner eigenen Waffe fragen.
Wir üben erneut, das Schwert zu schwingen und gerade zu halten, bevor ich die Freunde gegeneinander kämpfen lasse

– im Spiel, versteht sich, und ohne allzu große Aggression bitte.
Ich sehe mir eine Weile an, wie sie sich entwickeln, und stelle fest, dass die Jungs keinerlei Probleme, sowohl bei der Verteidigung, als auch beim Angriff, zu haben scheinen.
Piper gibt sich alle Mühe, braucht aber, denke ich, noch eine Menge Übung. Es ist für die Mädchen einfach ungewohnt und anstrengend, mit *Shiraana* umgehen zu müssen, und daher wahrscheinlich momentan noch nicht die ideale Lösung.
Von Dina ganz zu schweigen. Sie ist meiner Meinung nach so ziemlich die letzte Person, die sich mit einem Schwert sicher verteidigen könnte. Und ich glaube, das wird sich auch nicht ändern.
Aber wir werden eine Lösung finden. Und vorerst bleibt ihnen ja immer noch das *Shel*.
Nach einer guten Stunde brechen wir schließlich auf. Unser Ziel ist für heute das vergessene Dorf, das in der Sprache der Ureinwohner von Drakónien Oshuri genannt wird.
Mit vielen Komplikationen habe ich nicht gerechnet, wir sollten keine Probleme haben, bis zum Abend dort anzukommen. Es bietet eine gute Übernachtungsgelegenheit und wird zudem meist von Reisenden gemieden. Die meisten wissen gar nicht von ihm und es wird daher eine ruhige, hoffentlich unbemerkte Angelegenheit, uns für die Nacht dort einzuquartieren.
Aber erst mal müssen wir Drakónien erreichen.
Bis zur Grenze des Königreichs sind es noch gut drei Meilen. Fähnmeilen, wohlgemerkt, die in Rittstunden gemessen werden. Vierundzwanzig Fähnen ergeben ein Joll, also einen Tag, den man unterwegs ist. Wenn man im Schritt reitet.
Daher sind diese Entfernungsangaben eigentlich ziemlich ungenau und eher als Richtlinien zu sehen, denn sie können, je nachdem, ob man sie mit Drachen, Pferd oder Lauf-

vogel, im Trab, Galopp oder Passgang zurücklegt, stark variieren.
Ich erzähle den Kriegern von meinem Plan, in einem verlassenen Dorf zu übernachten, aus dem vor Jahren sämtliche Bewohner aus unbekannten und unerklärlichen Gründen geflüchtet sind.
Meine Idee stößt auf wenig Begeisterung.
„Ihr werdet sehen“, argumentiere ich, „dort ist es wunderschön. Kein Grund zur Beunruhigung. Und es ist ja auch nur für eine Nacht.“
Sie erwidern nichts. Ich weiß, was ich tue.
Wir wechseln das Thema und reden über Fenlins, während wir zwischen den Hügeln der Inselebene unserem Ziel immer näher kommen.
Plötzlich liegt vor uns auf dem staubigen Weg ein toter Bär.
„Was ist das dort vorn?“, fragt Piper, als wir in einiger Entfernung einen grauen Fleck erkennen.
Ich kann ihr darauf keine Antwort geben und wir reiten auf den seltsamen Haufen zu, um nachzusehen.
„Igitt, ein totes Tier!“, schreit Dina und Piper beißt sich auf die Lippe.
Der Bär ist größer als ein Grizzly und hellgrau-weißgestreift. Ein Streifenbär. Sein Maul ist weit geöffnet und die Augen starren leblos ins Leere.
Cheyenne und Viento weichen zurück.
„Das ist ein grauer Streifenbär“, erkläre ich nachdenklich, „was kann ihn nur umgebracht haben?“
Robin reitet um das Tier herum und findet die Antwort.
„Ihm ist die Kehle durchgeschnitten worden. Ziemlich sauber sogar.“
„Wie kannst du nur so grausam sein?“, empört sich Dina, folgt ihm aber sogleich, um nachzusehen, was er meint.
Für einen Augenblick starrt sie das Tier an und reibt sich die Schläfen, als würde sie ein stechender Kopfschmerz durchzucken. Dann wendet sie sich ab.
„Wie schrecklich!“, sagt sie.

Ihr scheint es gut zu gehen.
„Warum tötet jemand mitten auf dem Feld einen Bären und lässt ihn dann liegen?“, fragt Piper. „Nur zur Verteidigung?“
„Lasst uns weiterreiten!“, schlägt Andy vor und Brendan pflichtet ihm bei.
„Wer weiß, ob das, was ihn umgebracht hat, noch in der Nähe ist!“
„Ich glaube, dass es ein Mensch war“, sage ich und sehe mich aufmerksam um.
„Umso schlimmer! Menschen sind intelligenter als Tiere.“ Brendan sucht ängstlich den Landstrich ab.
„Das ist nicht immer so, zumindest hier nicht. Lassen wir den Bären!“
Ich lenke Cheyenne vorbei an Clip und nicke den anderen zu. Lassen wir ihn!
Wir haben keine Zeit, uns um tote Bären zu kümmern.

Nach weniger als zwei Stunden kommen wir an die Grenze zwischen dem Königreich Drakónien und dem Orenland Surália.
Drakónien ist im Westen von einem Gebirge begrenzt, das es im Falle eines Angriffs durch seine zahlreichen Feinde gut schützt.
Wir gehören nicht zu ihnen.
Es ist ein Land der Wissenschaft und Kultur, aber auch des Krieges, was daher kommt, dass es aufgrund seines Reichtums und seiner fortschrittlichen Entwicklung regelmäßig in kriegerische Auseinandersetzungen verwickelt wird.
Seine Bewohner sind jedoch sehr umgänglich, gastfreundlich und gesellig, wenn man sie auch für ihre Eigensinnigkeit und Tollkühnheit kennt.
Abgesehen vom Glücksspiel, der Armee und der Forschung, widmen sie sich vor allem der Zucht und Ausbildung von Drachen, die sie in riesigen Farmen halten und aufziehen.

Wir verlassen die Landstraße und setzen unseren Weg im dichten Unterholz der Grasberge fort.
Die Landschaft ist wesentlich höher gelegen als die Inselebene und von hohen, grün schimmernden, Bergen geprägt, die mit verhältnismäßig langem, scharf geschnittenem Moos bewachsen sind.
Uns weht ein heftiger Wind durchs Haar, der die umstehenden Kiefern leise rauschen lässt. Wir sehen noch einmal einen Streifenbären, der sich weit über uns auf einem Felsvorsprung aufrichtet und uns mit einem mächtigen Brüllen begrüßt.
Das ist Boja, der König des Berges. Voll Trauer um seinen toten Freund streckt er seine Pranken bittend in den Himmel hinauf.
Ich grüße ihn würdevoll mit einer weit ausholenden Handbewegung und nehme mir vor, ein andermal wieder vorbeizukommen, um ihn zu trösten. So etwas nimmt ihn immer viel zu sehr mit.
Zwischen den dichten Nadelbäumen sehen wir ab und zu kleine, bläulich glänzende Tiere mit spitzen kurzen Hörnern, die die Felswand erklettern.
Spießblauböcke.
Sie scheinen allerdings wesentlich weniger beunruhigt als der Bär und flüchten nur gemäß ihrer Natur auf den nächstgelegenen Felsvorsprung, damit sie vor uns in Sicherheit sind.
Einmal entdecken wir auch ein Fries zwischen den Sträuchern. Ein Tier, was wie ein sehr dicker schwarzer Iltis mit einem abgekürzten Schwanz aussieht und auf dem Rücken einen großen weißen Haarwirbel besitzt.
Meine neuen Freunde kommen aus dem Staunen nicht mehr raus.
Ich versuche, ihnen so gut es geht, alles zu erklären, was sie sehen, und zeige ihnen immer wieder neue unbekannte Tiere und Pflanzen.

Schillernde blaue und gelbe Trompetenblumen, die aus dem Felsen und daran empor wachsen, und dunkle Tageulen mit runden schwarzen Augen, hoch über uns, die den Boden nach unvorsichtigen Mäusen absuchen.
Wie liebe ich diese wunderbare Welt.

Wir klettern immer höher zwischen den Felsen hinauf und sind bei Sonnenuntergang schon weit ins Innere des Gebirges vorgedrungen.
Und endlich sehen wir auch die ersten Drachen, die dem Land seinen Namen geben.
Wir reiten gerade dicht gedrängt einen engen Bergpass entlang, der links von uns in einen Felsen und rechts in einen Abgrund übergeht und uns langsam und hintereinander den Weg entlang zwängt.
Da entdecken wir sie.
Ein tiefes kraterartiges Tal breitet sich unter uns und weit vor uns zwischen den grünspanfarbenen Bergen aus.
Hohe Tannen und Mammutbäume bieten Schutz für die Herde hochgewachsener Blattfresser, die das Smaragdenthal bewohnt.
Die Tiere haben eine steile Schulter, kleine stumpfe Hornplatten auf Rücken und Haupt und eine dicke grüne Schuppenhaut.
Sie heißen Smaragden.
Ich halte Cheyenne, als ich merke, wie groß der Abstand zu den anderen geworden ist, die ihre Augen nicht von dem Schauspiel abwenden können.
Etwa zehn bis dreizehn Drachen unterschiedlichen Alters streifen schweren Schrittes durch das hohe Gras und ziehen mit ihren Mäulern an den Zweigen der Mammutbäume.
Ihre Zehen haben keine Krallen wie bei Clip, sondern sind zu breiten Elefantenfüßen umgebildet, da sie keine Flug-, sondern Bodendrachen sind.
Zwischen den ausgewachsenen Muttertieren und den jungen Bullen, die sich, abgesehen von ihrer Größe, nur durch

ihre Anzahl von Stacheln am Schwanz unterscheiden, tollen ausgelassen die großen Kälber umher.
Clips Augen weiten sich. Aufgeregt stellt er sich auf die Hinterbeine und stößt einen schrillen Schrei aus. Das erste Mal sehe ich, wie er Anstalten macht, seine Schwingen auseinander zu falten.
„Halte ihn fest!“, rufe ich Robin zu, der sofort an dem Strick zieht, um ihn zum Weitergehen zu bewegen.
Die Herde wendet alle Augenpaare auf uns. Tiefes dröhnendes Gebrüll erfüllt das Tal und lässt die Felswände vibrieren.
Die Drachen flüchten nicht.
Keiner von ihnen denkt daran, vor Pferden oder Menschen wegzulaufen. Sie leben hier noch in Frieden.
„Wir müssen weiter“, unterbreche ich meine Freunde schließlich und bedaure, sie so unsanft aus ihrem Erstaunen reißen zu müssen.
Robin zieht Clip vorwärts und auch die anderen setzen sich langsam in Bewegung.
Das ist noch nicht alles.

XXIV
Stride

Ich bin überwältigt. Diese neue Welt zieht uns alle vollkommen in ihren Bann. Ich sehe das Glänzen in Pipers Augen, als sie die Blauböcke zwischen den Bäumen entdeckt, und verspüre im gleichen Moment ein wahnsinniges Glück in meinem Herzen. Was ist es doch für ein Gefühl, einen gemeinsamen Weg zu gehen.
Als die Sonne nur noch ein rotes Glühen am Himmel verbreitet, kommen wir in ein höher gelegenes Tal. Wir haben den ganzen Tag keine Pause eingelegt und Dina beklagt sich inzwischen regelmäßig über ihr schmerzendes Hinterteil. Ich dagegen komme gut davon. Ich bin mir nicht bewusst, jemals Körperteile besessen zu haben.

Annikki macht uns Hoffnungen, indem sie sagt, es wäre nicht mehr weit, und wir treiben die Einhörner an, um bei unserer Ankunft noch etwas sehen zu können.
Wenige Minuten später erkenne ich einige Häuser, die dicht vor der steilen Felsmauer errichtet wurden. Wir reiten auf eine Art Sackgasse zu, in der das Dorf liegt. Links neben uns befindet sich ein lichter Kiefernwald und am rechten Bergrand fließt ein schmaler Bach entlang.
Das Dorf selbst besteht aus drei winzigen, aus Lehm erbauten Farmen und einer ebensolchen Jägerhütte, die halbkreisförmig um ein größeres Haus angeordnet sind.
Die Dächer der einstöckigen Hütten und der Ställe sind mit Stroh gedeckt und besitzen ein Loch im Giebel als Rauchabzug und kleine Lichtklappen im Dach, die nach Bedarf geöffnet oder geschlossen werden können.
Zwischen den Häusern befinden sich provisorisch angelegte und relativ verfallene Weideumzäunungen und verwilderte kleine Felder, auf denen zwischen halb ausgegrabenen gelben Rüben und einem haferartigen Getreide eine reiche Ernte an Unkraut gedeiht.
Annikki springt vom Pferd und steuert souverän die Hütte mit dem größten Stall an.
„Los, kommt!", ruft sie. „In einer halben Stunde ist es dunkel!"
Ich folge ihr eilig, und nehme auch Viento mit, dessen Zügel mir Dina in die Hand drückt, bevor sie sich aufmacht, das Dorf zu erkunden.
„Geh ruhig, ich mache das natürlich gern für dich."
Im Stall frage ich Annikki nach dem kirchenähnlichen Gebäude im Zentrum des Dorfes. Sie ist damit beschäftigt, nacheinander alle Pferde abzusatteln, und antwortet mir, ohne aufzusehen.
„Die Dorfbewohner benutzten es teilweise als Versammlungsort, aber hauptsächlich diente es als Kirche."
„Also doch ein Gotteshaus..."

„Nicht direkt. Das Haus war keinem Gott, sondern den Einhörnern geweiht und die Bewohner des Dorfes opferten ihnen regelmäßig einen Teil ihrer Ernte.
Sie beteten zu den Einhörnern, die im Wald lebten, damit sie das Dorf, sein Volk, seinen Fluss, seine Kinder und Wollschweine beschützten, und diese taten es.
Die Bewohner fragten sie auch um Rat. Wann immer eine schwangere Frau in den Wald ging, wurde ihr bald ein gesundes Kind geboren, und wenn sich ein Jäger vor der Jagd das Schutzzeichen auf die Stirn malte, konnte ihm kein wildes Tier etwas anhaben.
Der Jäger war der angesehenste Mann in der Gemeinschaft, denn er streifte durch die Wälder und brachte von seinen Erkundungen stets Neuigkeiten und reiche Beute mit ins Dorf. Gleichzeitig war er der Priester der Menschen, der es verstand, mit den Einhörnern zu kommunizieren.
Er muss die anderen gewarnt haben, als etwas passierte, wovon keiner weiß, was es war. Und dann verschwanden die Menschen hier und zurück blieben nur ihre Häuser und bestellten Felder. Und die Wollschweine, die verwilderten und heute den Wald bewohnen.
Die Einhörner sind von dort verschwunden."
„Aber bei uns sind sie sicher", meint Brendan und klopft sich den Staub von der Hose.
Wir sind fertig mit den Pferden.
Während sie erzählte, hat Annikki eimerweise Hafer aus einer Nebenkammer geholt und verteilt.
„Das Schutzzeichen", fragt Piper vorsichtig, „es ist das *Shel*, nicht wahr?"
„Ja, das stimmt", antwortet Annikki, „du hast es auf der Kirche gesehen, oder?"
Sie bestätigt ihre Vermutung und ich verlasse den Stall, um einen Blick auf die Kirche zu werfen.
Draußen laufe ich mit Dina zusammen, die mir aufgeregt etwas vor der Nase herumschwenkt.
„Sieh mal, was ich gefunden habe!", keucht sie atemlos.

In ihren Händen hält sie einen Bogen, so groß wie sie selbst, und drei mit sorgsamer Hand gearbeitete Pfeile.
Im nächsten Augenblick schießt sie zielgerichtet auf den erstbesten Baum und trifft die Mitte des Stammes in Augenhöhe.
„Hey, das ist viel cooler, als das komische Käsemesser!“
Dann lässt sie mich stehen und rennt in den Stall, um ihre Entdeckung den anderen zu präsentieren.
Ich gehe zur Kirche hinüber.
Das Haus besitzt einen kurzen Turm und dieselben Lehmwände wie die übrigen Hütten.
Und tatsächlich ist an der Ostseite der Turmspitze, wo man bei uns vielleicht ein Kreuz finden würde, in verblassender Farbe das *Shel* aufgemalt.
Seltsam.
Warum das *Shel*? Ist es nicht unser Zeichen? Oder das Zeichen der Einhörner?
Ich beschließe, hineinzugehen, und laufe nochmals um das Haus herum, während ich nach einer Tür suche. Es ist einer Kirche wirklich ziemlich ähnlich.
Die hölzernen Bankreihen bieten Platz für höchstens achtzig Menschen. Zwischen ihnen führt ein Gang auf einen steinernen Altar zu. Ich frage mich, wie sie ihn hier hineinbekommen haben, er scheint aus massivem Fels zu sein.
Hier lagen also die Opfergaben.
In die kalte, graue Steinplatte sind die Umrisse eines Einhorns geschlagen. Es ist recht groß und durch Strahlen wie eine Sonne hervorgehoben.
Doch sonst ist das Gebäude schmucklos. Kein Glas in den Fenstern. Keine Säulen. Keine Zeichen. Keine Malereien.
Nur ein einzelnes Einhorn auf dem Altar. In den Stein geschlagen – was für eine mühselige Arbeit für die Technik der Dorfleute.
Was für ein Glaube.
Als nächstes erkunde ich eines der Häuser.

Ich wähle das große Gebäude, dessen Stall Annikki bereits für uns ausgesucht hat.
Hier werden wir sicher übernachten.
Wie die Kirche sind die Wände von innen mit Holz verkleidet. Es gibt nur einen einzigen Raum, der zum Wohnen und Schlafen dient.
Die Doppelstockbetten sind so breit, dass zwei Menschen nebeneinander Platz darin haben. Das versetzt mich in Erstaunen.
Auf ihnen liegt eine breite Decke, die an der Unterseite aus Wolle gestrickt und oben mit Fell besetzt ist. In der Ecke neben der Tür finde ich auch ein Spinnrad, mit dem man wohl die Wolle der Schweine verarbeitete, die Annikki vorhin erwähnte.
Auf dem Boden, neben einem kleinen, steinernen Ofen, stehen Schalen und andere Gefäße aus Lehm, darunter befinden sich auch ein flacher Löffel und einige runde Trinkbecher, die in der Erde eingegraben sind.
Robin und Annikki betreten die Hütte, gefolgt von Dina, die immer noch mit ihrem Bogen bewaffnet ist.
„Das ist das größte, der drei Farmhäuser, ich denke, es ist am besten geeignet."
Annikki sieht sich im Zimmer um und entdeckt mich.
„Hast du schon in die Kisten dort gesehen?"
An der Wand stehen zwei geräumige Truhen, von denen Dina sofort eine öffnet.
Ohne das kleinste bisschen Vorsicht oder Rücksichtnahme auf das, was herausgesprungen kommen könnte, schlägt sie den Deckel zurück und schaut hinein.
„Nur Klamotten, sie ist bis zum Rand voll damit!"
Gelangweilt klappt sie die Kiste wieder zu. Doch ich komme ihr zuvor und öffne die zweite, ehe sie aufgesprungen ist.
Sie beugt sich über meine Schulter, um einen Blick auf den Inhalt zu erhaschen.

Doch wie zu erwarten, sieht es mit dieser Kiste nicht anders aus. Sie ist zwar nicht halb so voll wie die vorige, aber ebenfalls ausschließlich mit Kleidungsstücken gefüllt.
„Wie langweilig!“, mault Dina und wendet sich ab, um nach etwas Interessanterem zu suchen.
„Keineswegs“, wirft Annikki ein, „das ist eine gute Gelegenheit, sich ein bisschen unauffälliger anzuziehen, so wie wir rumlaufen, müssen wir doch jedem ins Auge springen!“
Robin gibt ihr Recht.
„Das stimmt. Wir tragen Jeans und – mehr oder weniger moderne – Pullover oder Jacken. Alle, denen wir begegnen, werden sofort merken, dass wir nicht von dieser Welt sind.“
Er blickt Dina schräg von der Seite an, um sie zu ärgern, doch sie bemerkt seine Stichelei nicht und lacht.
„Das klingt, als wären wir vom Mars!“
„Sucht euch was Schönes aus!“, meint Annikki schließlich. „So viel Auswahl wie hier werdet ich so schnell nicht wieder bekommen.“
Ich sitze noch immer auf dem Boden vor der Truhe und wühle darin herum. Irgendetwas Brauchbares wird sich hier schon finden…
Plötzlich halte ich ein Buch in den Händen.
Verwundert ziehe ich den Gegenstand aus der Kiste heraus und betrachte ihn näher.
Es ist tatsächlich ein Buch. Dicke gelbe Seiten, in einem geflochtenem Ledereinband. Und mit einem seltsamen Lesezeichen…
An einem gedrehten Band, das mit dem Umschlag verwachsen scheint, hängt ein getöpfertes Totemtier.
Vorsichtig schlage ich eine Seite auf und habe sofort Dina hinter mir, die mir meinen Schatz aus der Hand reißt.
„Was ist das?“, fragt sie erstaunt, woraufhin Robin prompt antwortet:
„Das heißt ‚Buch‘, aber das kann man natürlich nur wissen, wenn man schon mal eins gesehen hat.“

Dina schneidet eine Fratze. Robin, versucht, nach dem Buch zu greifen, doch Annikki geht dazwischen.
„Hört auf“, sagt sie streng, „ihr benehmt euch wie Kinder.“
Dina gibt ihr widerwillig ihre Errungenschaft und auch Robin guckt dumm aus der Wäsche. Er hat sich noch nicht ganz damit abgefunden, sich von Annikki etwas sagen lassen zu müssen.
Außerdem hätten sie sich lieber noch eine Weile gestritten.
In diesem Moment gesellen sich auch Piper und Brendan zu uns und freuen sich, uns endlich gefunden zu haben.
„Hier habt ihr euch also versteckt!“, stellt Piper fest, und ihr Blick fällt auf die Truhen und die verstreuten Sachen auf dem Boden.
„Was macht ihr denn? Modenschau?“
Annikki blättert aufgeregt in dem Buch. Von Zeit zu Zeit hält sie inne und kneift die Augen über der engen Handschrift zusammen.
„Guckt mal, ein Tier!“, ruft Dina und zieht an dem Lederband.
„Nicht, du wirst es noch kaputt machen!“
Ich versuche, sie davon abzuhalten.
„Was habt ihr denn da?“, fragt Piper und ich sehe, dass Brendan ebenfalls dazu ansetzt, zu verkünden, dass es sich wohl um ein Buch handeln muss.
„Es sieht aus wie ein Bär“, überlegt Dina und dreht das Tontier in ihren Händen.
„Ich kann es nicht lesen“, meint Annikki, und ich werfe ein: „Es ist auch nicht besonders lesbar geschrieben worden.“
„Nein, das ist es nicht“, murmelt sie nachdenklich und blättert weiter nach hinten.
Fast die Hälfte der Seiten ist noch leer.
„Es ist keine Sprache, die ich kenne, und sie stammt auch nicht aus eurer Welt... Aber das ist im Grunde nicht sehr ungewöhnlich, wenn das Buch von hier ist.“
Dann gibt sie es mir zurück, woraufhin Dina sofort einen Anspruch darauf erhebt.

„Vergiss es“, wehre ich ab, „ich habe es gefunden.“
„Aber da ist ganz bestimmt ein Hinweis drin, weshalb die Menschen von hier geflüchtet sind!“
„Das wirst du wohl jetzt nie erfahren...“
„Willst du es denn gar nicht wissen?“
„Vielleicht will ich das tatsächlich, aber es wird demnächst keine Möglichkeit geben, es herauszufinden.“
Sie macht ein beleidigtes Gesicht und gibt sich geschlagen.
Piper lächelt über ihre Sturheit.
Typisch.
Annikki verkündet, dass sie es für eine gute Idee hält, sich jetzt für die Nacht fertig zu machen, und bekommt keine Gegenstimmen.
Schlägereien um die Betten dürfte es diesmal keine geben, und so freue ich mich auf eine ruhige und erholsame Nacht.
Ich glaube, nach diesem aufregenden Tag können wir alle etwas Schlaf gut gebrauchen.

XXV
Shadow

In dieser Nacht geschieht etwas Schreckliches.
Ich werde durch laute Stimmen der anderen vor der Tür geweckt, die darauf bedacht sind, mich schlafen zu lassen.
Alle sind weg.
Ich sehe mich flüchtig um, doch niemand liegt mehr in seinem Bett.
Mein Handy liegt auf dem Fensterbrett. Ich angle es mit einem Arm, um nach der Uhrzeit zu sehen.
Natürlich Netzsuche.
Ich schätze die Zeit auf halb oder um eins und setze mich auf.
Draußen hat jemand die anderen ermahnt, leise zu sein. Vorsichtig schleichen sie sich von der Hütte weg.
Was ist denn bloß los?

Ich beeile mich, hinterherzukommen, denn sie sind schon nicht mehr zu hören. Vorm Haus, sehe ich gerade die letzte Gestalt im Stall verschwinden.
Clip stößt ein lautes Röhren aus.
Dann höre ich Dina schreien.
Es war unverkennbar Dina und ich brauche eine Sekunde, um mir der Lage bewusst zu werden. Warum kreischt sie denn so?
Ich verbringe keinen Augenblick länger damit, herumzustehen, sondern laufe sofort auf den kleinen Schuppen zu.
Im nassen Gras merke ich, dass ich gar keine Schuhe angezogen habe, und trete im nächsten Moment auf einen Stein. Aber das spielt keine Rolle. Ich muss sofort herausfinden, was ihr so einen Schrecken eingejagt hat.
Als ich die Tür öffne, schenkt mir niemand Beachtung. Andy und Brendan stürzen auf ein kleines Loch in der Wand zu, das höchstens einer Katze Platz geboten hätte.
Gerade erkenne ich noch einen buschigen roten Schwanz, dann verschwindet er und es folgt ein fliegender Eimer, von dem ich weiß, dass er von Robin kommt.
Er erreicht vor Brendan das Schlupfloch und bleibt darin stecken.
Andy verschwindet direkt durch die Wand.
Brendan schnappt sich eine Pferdedecke und nimmt die Tür. Robin folgt ihm mit einem Satz und auch Annikki sprintet an mir vorbei, ohne mich zu sehen.
Ich weiß noch immer nicht, hinter wem oder was sie her sind. Aber ich glaube, sie wollen es fangen.
Von draußen höre ich ihre hastigen Schritte. Neben Flüchen von Robin und einem hohen klagenden Geschrei.
Dann ist Andy wieder da.
„Sie sind verschwunden", sagt er aufgebracht zu Dina und nimmt erst im nächsten Augenblick meine Anwesenheit wahr.
Erschrocken schaut er mich an.
Ich blicke zu Dina. Was ist hier eigentlich los?

Dina starrt ins Leere. Dann erst bemerkte ich, was sie so geschockt hat, und muss ebenfalls schreien.
Auf dem Boden zwischen den anderen Einhörnern liegt Luna in einer Blutlache. Dahinter reglos Destino. Aus einer Wunde, die beide auf der Stirn haben, tritt unaufhörlich Blut. Destino hat sein Horn verloren.
„Oh nein… sie sind verblutet!"
Ich breche zusammen.
Dina lehnt zitternd an der Wand. Brendan und Robin kommen zurück und versuchen, sie aus ihrem Schockzustand zu erwecken.
Und die Einhörner zum Aufstehen zu bewegen.
Ich klammere mich an Andy, der sich neben mich gekniet hat, und schluchze unaufhörlich. Er drückt mich fest an sich und versucht, meinen bebenden Körper zu beruhigen, doch es gelingt ihm nicht.
„Sie sind tot", wimmere ich und sehe die Tränen in seinen Augen.
„Wein nicht", sagt er, während ihm selbst die Tränen übers Gesicht laufen, „bitte weine nicht!"
Dina blickt schweigend auf die Katastrophe. Sie schüttelt den Kopf und auch Robin gibt es nun auf, Destino zu einem Lebenszeichen bewegen zu wollen.
Annikki rüttelt mich aufgeregt an der Schulter.
„Sie lebt noch! Hörst du, sie lebt noch!", ruft sie und sieht mir ernst in die Augen.
„Nein, sie ist tot. Sie ist ganz tot."
Andy ergreift meine zitternden Hände.
„Sie lebt noch."

Keinem von uns ist jetzt noch nach Schlafen zumute.
Ich laufe zu Luna, knie mich hin und streichle sie. Annikki und Brendan führen die anderen Pferde nach draußen.
Andy hält es für die beste Idee, jetzt sofort aufzubrechen.
„Wir müssen schleunigst weg von hier", sagt er, „wer weiß, wann diese Viecher wiederkommen!"

Er wickelt mich in eine warme Decke ein und beschließt, mit Robin noch die anderen aus der Hütte zu holen. Es kann nie schaden.
Annikki bittet Brendan, mich und Dina ebenfalls raus zu bringen, und holt zwischen ihren Kleidern ein blaues Fläschchen hervor.
Ich lasse sie nicht aus den Augen und sehe gerade noch, dass sie Destino mit einer Flüssigkeit beträufelt.
Der Arme.
Der Arme Arme Arme Arme Arme!
Luna lebt.
Das ist mir nun klar.
Aber sie hat schwere Verletzungen davongetragen und den Kampf mit dem Tod noch nicht gewonnen.
Brendan geht ein letztes Mal in den Stall, um auch sie zur Weiterreise zu holen.
Von der Seite stupst mich Clip an. Er ist längst größer als die Pferde und steht provisorisch gezäumt neben mir.
Ich ignoriere seine Bitte, gekrault zu werden.
„Ihr wollt ihn doch nicht etwa reiten?", frage ich stattdessen Andy, der mit Robin begonnen hat, die Pferde zu satteln.
Die Einhörner sind unruhig und treten auf der Stelle. Justo wiehert schallend in die Nacht hinaus.
Cheyenne und Viento lassen schläfrig die Köpfe hängen. Als wären sie vollkommen unbeteiligt, dösen sie mit geschlossenen Augen.
Ich würde sie am liebsten anschreien, freundlicherweise nicht so sorglos zu Schlafen!
Doch Andy hält mich davon ab.
„Du kannst erst mal mit auf Dragón kommen", schlägt er vor und bindet die Decken hinter den Sätteln fest.
Eigentlich war es keine Antwort. Aber es reicht mir vollkommen aus.
Dina hockt neben mir auf der Erde. Sie hat ihre Sprache relativ schnell wieder gefunden und murmelt immerzu:

„Katzen Kinder Katzen was sind das für Katzen Kinder Katzen Kinder, was wollen Katzen das waren doch Kinder…“
Oder etwas Ähnliches.
Ich fahre sie an, gefälligst still zu sein, worauf sie beleidigt schweigt.
Andy tritt auf mich zu und umarmt mich. Er streichelt mir den Rücken und ich sinke mit der Stirn gegen seine Schulter.
Ich will jetzt nicht reden. Mit niemandem.
Ich will nicht reden, aber suche nach Antworten.
Dina sagt nun keinen Ton mehr. Auch nicht, als Annikki aus dem Stall kommt und fragt, ob wir fertig sind.
Wir sind fertig.
Andy hilft mir auf Dragón und reicht mir mein Schwert. Dann schwingt er sich hinter mir aufs Pferd.
„Es tut mir Leid“, sagt Annikki aufrichtig zu uns allen und besteigt Cheyenne, die nun auf einmal erwacht.
Nur, davon ändert sich nichts.
Destino ist tot. Weg.
Annikki hat seinen Leichnam mit einem Zauber belegt, um keine Spuren zu hinterlassen, wie sie Robin leise erklärt.
Aber ich höre alles.
Krampfhaft kralle ich mich in Dragóns Mähne und erwarte, dass er sich jeden Moment in Bewegung setzt. Die Zügel habe ich Andy gegeben, ich glaube nicht, dass ich in der Lage wäre, allein zu reiten.
Plötzlich nähert sich uns von allen Seiten eine Gruppe Reiter auf Drachen. Im Nu haben sie uns umzingelt und zwingen uns, anzuhalten.
Es sind etwa zehn, in Lederrüstungen gekleidete Soldaten auf verschiedenfarbigen Drachen, in Begleitung eines führerlosen Planwagens, vor den drei Grauschimmel gespannt sind. Es ist überhaupt keine Vorrichtung vorhanden, um einem Kutscher Platz zu bieten.

Nur vier der Männer scheinen Flugdrachen zu besitzen, die anderen reiten Bodendrachen mit rudimentären Flügeln und krallenlosen Füßen.
Aber alle tragen aufwendige, geschmiedete Helme mit Halbmondsymbolen und kurze, rote Umhänge, die mit Spangen zusammengehalten werden.
Und sie halten Speere auf uns gerichtet.
Annikki ist über ihr Auftauchen wenig erfreut. Mit ihrem Mantel bedeckt sie die Blutflecken auf ihren Kleidern.
Ein dicker, bärtiger Soldat, mit einer silbernen, reich verzierten Gürtelschnalle, scheint ihr Anführer zu sein. Er wirft einige ehrfurchtsvolle Blicke auf die drei verbliebenen Einhörner, doch mir entgeht nicht, dass er mich anschließend durchdringend mustert.
Meine Tränen sind noch immer nicht getrocknet und sicher sieht er das. Es ist mir unangenehm und ich senke den Blick.
Nun erst spricht er zu uns.
„Wir sind im Auftrag des Königreichs auf geheimer Suche nach Unruhestiftern in den Grenzgebieten. Daher ist es eure Pflicht, uns widerstandslos in die Hauptstadt zu folgen."
Ein schmaler hellhäutiger Junge holt eine lange Schriftrolle heraus und beginnt, den Befehl vorzulesen:
„Im Namen des mächtigen Königreichs Drakónien und seines einflussreichen Königs seiner Majestät Sevard vom marmornen Fels und mit großzügiger finanzieller Unterstützung der vereinigten Schatzkammern von Dracgstadt, ist es dem Bewahrer dieser Schriftrolle und dem gesamten Kommando unter Hauptmann Estruhl ausdrücklich Befehl…"
„Das interessiert uns nicht!", unterbricht ihn Robin, der noch immer seinen Drachen am Strick hält.
Der Vorleser hält kurz inne, um ihn empört anzusehen, nimmt aber sogleich seine Tätigkeit wieder auf und liest noch einmal langsam und betont die letzte Zeile:

„... ist es dem Bewahrer dieser Schriftrolle und dem gesamten Kommando unter Hauptmann Estruhl ausdrücklich Befehl, jeden Verdächtigen im Land, der einem Vergehen gegen die Geheimmission um die Suche nach den beiden entkommenen Hexen möglicherweise für schuldig erachtet wird, unverzüglich und ungeachtet seines Einverständnisses oder Protests in Gewahrsam zu nehmen und auf möglichst schnellstem Weg – unter Einfluss der individuellen Befahr- und Begehbarkeit – nach Dracgstadt, die unumstrittene Hauptstadt Drakóniens, zu bringen.
Unterschrift: fünfundzwanzigster königlicher Unterschriftsbeauftragter Isil von Fedderfeld, in Vertretung für die Vertretung des geschäftigen Königs."
Dina lacht leise in sich hinein. Was für ein Blödsinn.
„Ihr habt es gehört", meint der Soldat, der dem Schreiben zufolge Hauptmann Estruhl sein muss, „bitte steigt ab!"
„Vergesst es!", sagt Robin und sieht ihn zornig an.
„Wir gehören der militärischen Autorität von Drakónien an, ihr macht euch strafbar, wenn ihr in diesem Ton mit uns redet."
„Ich kann noch ganz andere Töne anschlagen", entgegnet er scharf und hebt den Arm, um den Griff seines Schwertes zu ergreifen, das er auf dem Rücken trägt.
Er zieht sein Schwert zur Hälfte aus der Scheide und lässt den Strick von Clip los, der die Soldaten drohend anknurrt.
Annikki ermahnt Robin mit sanfter Stimme:
„Tu das nicht, du könntest uns damit schaden. Es liegt im Interesse von uns allen, möglichst jeder vermeidbaren Auseinandersetzung zu entgehen."
Dann steigt sie langsam vom Pferd und Andy und ich folgen ihrem Beispiel. Robin steckt sein Schwert zurück und dreht sich verwirrt zu uns um. Das Temperament blitzt in seinen schwarzen Augen und er beißt angespannt die Zähne aufeinander.
„Es ist besser so", meint Annikki beschwichtigend, und bedeutet auch Brendan und Dina, abzusitzen, „glaub mir!"

Widerwillig gibt Robin sich geschlagen und wendet sich ab, als man seinen Drachen wegführt. Clip sträubt sich ebenfalls dagegen. Er ist vielleicht kleiner, als die Drachen der Soldaten, aber im Gegensatz zu ihnen kann er sich mithilfe der beiden Hörner auf seinem Kopf verteidigen.
Ich verabschiede mich flüchtig von Dragón, dann bindet mir einer der Männer fest die Hände zusammen.
Ich wehre mich nicht.
Robin ist der einzige von uns, der sich das nicht gefallen lassen will, doch ein Soldat sagt ihm, das sei die Vorschrift.
„Eure Vorschriften interessieren mich nicht!“, zischt er wutentbrannt und reißt sich los.
Der Hauptmann gibt dem Soldaten ein Zeichen und er lässt von ihm ab.
„Dann eben nicht.“
„Das wäre ja noch schöner!“, empört sich Robin und geht noch vor mir auf die dunkle Kutsche zu.
Ich werde ebenfalls unsanft hineingestoßen und krieche schnell an die Seite, um den anderen Platz zu machen. Dann bereite ich mich auf eine lange unbequeme Fahrt als Gefangene vor.
Das ist also unser Los.
Ich will am liebsten gar nicht wissen, was das Schicksal noch für uns bereithält.
Doch es führt kein Weg vorbei.

XXVI
Shadow

Die Pferde, die die Kutsche zogen, wendeten von selbst, nachdem die anderen eingestiegen waren.
Unsere eigenen banden die Soldaten mitsamt den Einhörnern hinten und an den Seiten des Wagens an. Der Junge mit der Schriftrolle ritt den kleinsten der Bodendrachen und führte Clip neben sich her, dem sie das ständig schnappende Maul mit einem Riemen zugebunden hatten.

Ich sah nicht viel. Durch das Leinentuch der Kutschenplane schimmerte nur hin und wieder das Mondlicht, sodass ich die Gesichter meiner Freunde teilweise erkennen konnte.
Wir fuhren durch den finsteren Bergwald und ich hörte seltsame Geräusche, die mir am Abend nicht aufgefallen waren.
Heulen, Grunzen.
Neben mir lief Luna. Das Blut auf ihrer Stirn war inzwischen geronnen. Aber sie musste sich sehr beeilen, die Kutsche fuhr schnell. Das war überhaupt nicht gut für sie.
Ich bat den Hauptmann, etwas langsamer zu reiten, da mein Pferd verletzt war, und er gab augenblicklich das Kommando an seine Männer weiter.
Er wollte uns die Fahrt so angenehm wie möglich machen.
Was für ein Glück.
Ich beschloss, mich auszuruhen, und lehnte mich an einer der zahlreichen Kisten an, die die Kutsche neben uns transportierte.
Luna ging es gut.
Annikki hielt es für den richtigen Moment, einen Verdacht zu äußern. Sie vermutete, dass es Hexen waren, die uns und den Einhörnern diesen üblen Streich gespielt haben.
Den üblen Streich.
Dafür gab es keine Worte.
„Eure Freundin Sophy war eine bedeutende Dienerin Traketas. Ich halte es für möglich, dass sie die beiden Mädchen ausgebildet hat, bevor sie spurlos verschwand."
Mädchen? Waren das tatsächlich noch Kinder? Ich sah nur Katzen...
Dann meldete sich Dina leise zu Wort.
„Ich habe es gesehen", murmelte sie, „als wir den toten Bären fanden, erschien es mir ganz klar vor Augen. Unzählige Bilder in einem einzigen kurzen Moment. Aber ich konnte sie noch nicht deuten.
Es sind Zwillinge, würde ich sagen. Mit langem roten Haar. Und sie verwandeln sich in Katzen. Sie haben Sophy verra-

ten und den Vampiren ausgeliefert, um ihre eigenen Interessen durchsetzen zu können.
Aber Genaueres weiß ich nicht."
„Nach meiner Auffassung ist es für sie ein makaberer Spaß, ein Einhorn zu töten. Es ist das Vergehen an einem unschuldigen, wehrlosen Tier, was sie reizt... Das nächste Mal, wenn du eine Vision hast, musst du uns sofort informieren, Dina, auch wenn du mit der Botschaft vorerst nichts anzufangen weißt."
Dina versprach, das zu tun. Dann kehrte für einen kurzen Moment Ruhe ein, bevor Annikki wieder das Wort ergriff.
„Ihr wisst ja, dass ich gemeinsam mit dem Phantom einige Gegner der Vier Völker zusammengetrieben habe. Ich werde dafür sorgen, dass sie die Verfolgung aufnehmen."
Dann wandte sie sich an mich.
„Und ich finde auch jemanden, der sich um Luna kümmert, solange wir unterwegs sind."
„Das Phantom?", fragte ich halbherzig.
Was konnte dieser Typ schon ausrichten. Selbst wenn mein Einhorn wieder gesund wurde, war ich mir sicher, früher oder später würde ein weiterer Angriff folgen.
Wir waren vollkommen machtlos.
Und Destino war tot. Ich kam von diesem Gedanken nicht los. Er lag auf dem Boden und war einfach nicht mehr da. Gegangen.
Ich brach erneut in Tränen aus. Es ist so sinnlos. Wir sind nicht dafür geschaffen, die Einhörner zu beschützen, das kann nicht wahr sein. Wir sind überhaupt nicht in der Lage dazu. Und es werden immer weniger.
Andy kam zu mir gekrochen, um mir Trost zu spenden. Ich glaube, es brach ihm wirklich das Herz, wenn er mich so sah.
„Du darfst nicht weinen, mein Engel", flüsterte er liebevoll und drückte mich fest an sich.
„Luna will sicher, dass du jetzt stark bist", mischte sich nun auch Dina ein und ich war dankbar für ihre Worte.

Robin und Brendan sagten nichts.
Annikki beobachtete einen Moment schweigend die Szene.
„In diesem Augenblick wird irgendwo in den Ewigen Welten ein neues Einhorn geboren“, erklärte sie dann und versuchte ein Lächeln, um mich aufzubauen.
„Ich bin froh, dass ihr da seid“, sagte ich zu ihr, „was würde ich nur ohne euch tun.“
Andy verließ mich kurz und kramte in seinen Sachen. Er holte das Buch heraus, was er in der alten Kiste gefunden hatte.
Ich sah, wie Dina alarmiert aufschaute, sich dann aber zusammennahm und schwieg.
Andy fragte, ob ich einen Stift mitgenommen hatte. Ich hatte immer einen dabei.
Er zeigte mir das Totemtier.
„Ich glaube, dass es dazu da ist, um jemanden zu beschützen“, sagte er und sah mich an, „ich möchte, dass du das Buch bekommst. Die letzten Seiten sind noch leer. Schreib alles auf, was dich beschäftigt, und wenn du willst, lese ich es dann. Ich weiß, dass es manchmal schwer ist, zu reden.“
Ich fiel ihm um den Hals und dankte ihm mit einem Kuss.
„Das ist wirklich lieb von dir.“
Ich dachte an das Einhornfohlen, das jetzt vielleicht schon über die Wiesen sprang.
Und glücklich über diese Vorstellung schlief ich schließlich ein.

FORTSETZUNG FOLGT

Bitte beachten Sie auch weitere Angebote des Machtwortverlages, z.B.:

J. Gottwald: „Die Krieger des Horns“, Wenn die Sonne untergeht, Fantasy
ISBN: 3-936370-57-5, Preis: 9,50€

H.G. Lang: „Julie Winter und die Schule der Einhörner“, Fantasy
ISBN: 3-936370-30-3, Preis: 10,00€

B. Island: „Planet der Feuerfelsen“, Fantasy
ISBN: 3-936370-32-X, Preis: 5,50€

U. Lagot: „Marlon McBred“, Fantasy
ISBN: 3-936370-56-7, Preis: 11,00€

D. Etzold: „Denn DU wirst mir gehören“, Vampirgeschichte
ISBN: 3-936370-81-8, Preis: 9,00€

I. Köster: „Olivia Engel & Co.”, Fantasy
ISBN: 3-936370-87-7, Preis: 15,00€

M. Heinemann: „Die Hexe von Avebury”, Fantasy
ISBN: 3-9363760-83-4, Preis: 10,00€

P. Kelch: „Tim Gerber und das Geheimnis von Anderland“, Fantasy
ISBN: 3-936370-84-2, Preis: 14,00€

C. Kattirs: „Pellumbi“, Fantasy
ISBN: 3-938271-06-X, Preis: 11,00€

F. Hänsel: „Der Herr der Zwiebelringe“, Fantasyparodie
ISBN: 3-938371-00-0, Preis: 6,00€

D. Seufert: „Fantasianer – Die Fantasie beginnt“, Fantasy
ISBN: 3-938271-04-3, Preis: 10,00€

V. Karcz: „Mondritter“, Das Herz des Vampirs, Fanatsy
ISBN: 3-938271-09-4, Preis: 10,00€

Weitere Informationen zum Verlagsprogramm erhalten Sie im Internet unter:

http://www.machtwortverlag.de

Bei Interesse fragen Sie Ihren Buchhändler!

Autoren gesucht!

Lieber Leser!
Hat Ihnen das vorliegende Buch gefallen? Haben Sie vielleicht selbst schon einmal daran gedacht, ein Buch zu veröffentlichen? Dann können wir Ihnen vielleicht helfen. Der Machtwortverlag aus Dessau sucht ständig gute Manuskripte aus allen Gebieten der Literatur zur Veröffentlichung. Schicken Sie uns einfach Ihr Manuskript zu, wir setzen uns danach direkt mit Ihnen in Verbindung.